KB274423

헌터 에이지

김준 판타지 장편소설
Fantasy Exciting Style

헌터에이지 4

김준 판타지 장편 소설

초판 1쇄 찍은 날 § 2007년 9월 3일
초판 1쇄 펴낸 날 § 2007년 9월 6일

지은이 § 김준
펴낸이 § 서경석

편집장 § 김대식
편집책임 § 이환진
편집 § 조수회

펴낸곳 § 도서출판 청어람
등록번호 § 제1081-1-89호
등록일자 § 1999. 5. 31
어람번호 § 제1-0883호

주소 § 경기도 부천시 원미구 심곡1동 350-1 남성B/D 3F (우) 420-011
전화 § 032-656-4452 팩스 § 032-656-4453
http://cyworld.nate.com/bluebook_
E-mail § blue_book@hanmail.net

ⓒ 김준, 2007

ISBN 978-89-251-0896-4 04810
ISBN 978-89-251-0749-3 (세트)

헌터 에이지

김준 판타지 장편소설
Fantasy Exciting Style

4

[완결]

BLUE BOOK
도서출판 청어람

1장 볼로뉴의 망국. 새로 쓰는 역사 _7

2장 모르드 함락 계획 _75

3장 음모의 역사 _95

4장 모르드의 내전 _161

5장 Thin red line _237

6장 Broken heart _275

1장
볼로뉴의 망국 새로 쓰는 역사

Hunter
Age

볼로뉴의 망국 새로 쓰는 역사

브레이커스에 의해 진형이 무너져 내리고, 보리스로 인해 지휘관 해리슨의 목이 달아나자 볼로뉴 왕국의 우군은 지리멸렬의 상태가 되어버렸다.

"히익!"

"도망쳐!"

"후퇴하지 말고 적을 막아라!"

"죽여!"

서로 상반되는 명령과 외침. 비명들이 난무하면서 볼로뉴 왕국, 우군 진영의 혼란은 수습될 기미를 보이지 않았다.

"도망쳐! 도망쳐!"

“야, 임마!”

정신없이 도망치라는 외침만을 반복하는 고참병을 장교가 붙잡았다.

“앞장서서 적을 막아도 모자랄 녀석이 앞장서서 도망치려고 그러는 것이냐!”

피가 덕지덕지 묻은 검을 한 손에 든 장교가 호통을 쳤지만 멱살이 잡힌 병사의 눈은 이미 풀려 있었다.

“도망쳐…….”

“에잇!”

서걱!

단칼에 병사의 목을 친 장교가 주변의 볼로뉴 병사들에게 외쳤다.

“진형을 다시 짜라! 이대로 물러나면 개죽음이다! 어서 움직여!”

“장교님! 후퇴를!”

“이 멍청아! 그냥 물러나면 사냥감이 될 뿐이다! 어서 움직여!”

그의 호통 섞인 명령에도 불구하고 병사들의 움직임은 그다지 빨라지지 않았다.

“멍청이들아! 움직여! 움직이란 말이다!”

“아악!”

전의를 상실한 볼로뉴의 병사들이 여전히 주춤거리자 참

다못한 장교는 다시 검을 휘둘렀다. 그 칼부림에 몇 명의 병
사들이 피 흘리고 비명을 지르며 땅에 쓰러지고 나서야 병사
들의 움직임이 빨라지기 시작했다.

"어서 진을 짜라!"

"움직여!"

"개죽음 당하고 싶지 않다면 빨리빨리 움직이란 말이다!"

사방에서 장교들의 고함 소리가 번지자 볼로뉴의 우군은
진형을 다시 정비하기 시작했다. 그사이에도 볼로뉴의 우군
을 무너뜨리기 위한 가이만의 맹공은 계속해서 이어지고 있
었다.

"밀어붙여!"

"죽여라!"

"죽여!"

"죽어! 이 망할 자식들아!"

"아악!"

"쿠억!"

욕설과 비명이 오가는 전장에서 보리스는 죽은 해리슨이
지휘를 하던 망루에 올라 가이만 군을 지휘했다.

"밀어붙여! 적들이 진을 구축하지 못하게 저지해라!"

해리슨의 피가 묻은 검을 지휘봉 삼은 보리스는 계속해서
브레이커스와 병사들을 볼로뉴의 우군을 향해 밀어붙이도록
명령했다.

그의 명령에 승기를 탔다는 것을 느낀 병사들은 더욱 강하고 재빠르게 볼로뉴의 우군을 압박해 들어갔다. 한편 보리스의 뒤를 이어 망루에 올라온 장교 하나가 가이만의 본진을 보다가 보리스를 불렀다.

"대령님!"

"무슨 일인가!"

"사령부의 명령입니다!"

장교의 말에 보리스는 본진을 쳐다보았다. 만토이펠 자작이 자리 잡고 있는 망루에선 커다란 신호기가 복잡하게 펄럭이고 있었다. 신호기를 통해 전해지는 만토이펠의 명령을 본 보리스가 고개를 갸웃했다.

"속도를 늦추라고? 신호병!"

"넷!"

보리스의 부름에 커다란 깃발을 들고 서 있던 병사가 복창을 하며 보리스에게 시선을 맞추었다.

"명령이 확실한 것인지 다시 물어봐!"

"알겠습니다!"

보리스의 명령을 받은 신호병이 부지런히 깃발을 상하좌우로 휘두르자 본진에서도 깃발이 흔들렸다. 본진의 깃발을 자세히 살피던 보리스가 혀를 찼다.

"쯧! 알 수가 없군. 저들에게 틈을 줘서 무엇을 하자는 것인지……. 나팔수!"

“네!”

“브레이커스에게 완보로 전환하라 알려라! 다른 병사들도 브레이커스의 속도에 맞추라고 전해!”

“알겠습니다!”

보리스의 명령을 들은 전령이 부지런히 망루를 내려갔고, 망루에 선 나팔수가 나팔을 입에 댔다.

뺨빠바바아아~~.

“응?”

망루 위에 있던 나팔수가 나팔을 불자 가이만군 여기저기서 나팔 소리가 울려 퍼졌다.

“응?”

소리의 뜻을 파악한 고참병들과 장교들은 의외의 명령에 의문을 표했지만, 빠른 속도로 명령을 이행했다.

“속도를 늦춰라!”

“전열을 다시 가다듬어!”

고참병들과 장교들의 외침이 울려 퍼지는 가운데 볼로뉴의 우군을 압박하던 가이만 군의 압력이 서서히 줄어들어 갔다.

“이때다!”

“물러서! 물러서!”

“본진과 합류하자!”

보리스의 명령에 따라 가이만 군의 공격이 느슨해지자, 가까스로 진형을 재편하던 볼로뉴의 우군 장교들은 기회라고 여기며 병사들을 본진과 합류시켰다. 하지만 그 명령은 또 다른 혼란을 야기시키고야 말았다. 이미 사기가 꺾인 병사들이 허겁지겁 본진을 향해 밀려들었고, 그로 인해 전방에서 가해지는 가이만군 맹공을 막던 볼로뉴군 본진에 혼란이 발생했던 것이다.

"저렇게 밀고 들어오다니! 자네! 내려가서 정리해! 필요하면 죽여도 좋다!"

"알겠습니다!"

혼란스런 진영을 본 카이저스 공작의 명령에 망루에 같이 있던 고급장교가 황급히 망루 아래로 내려갔다.

망루에서 내려온 장교는, 곧 일단의 다른 장교들과 나팔수들을 이끌고 흐트러진 진영을 정비하기 위해 숨 가쁘게 움직였다.

망루 위에서 그 모습을 본 카이저스 공작이 기수에게 명령을 내렸다.

"좌군에게 본진에 합류하라고 전해."

"알겠습니다!"

카이저스 공작의 명령에 기수는 부지런히 신호기를 흔들었다.

"본진에 합류하라고?"

망루 위에 서서 카이저스 공작이 보내는 신호를 확인한 로빈슨 왕자는 손톱을 씹었다.

"이 상황에서?"

"우와아!"

"적이 밀려온다!"

로빈슨 왕자가 잠시 고민을 하는 동안에도 볼로뉴의 좌군에 가이만 군의 압력이 가해지고 있었고 그에 로빈슨 왕자는 마법사를 불러들였다.

"카이저스 공작과 연결해!"

"네, 왕자님."

로빈슨 왕자의 명령에 마법사는 수정구를 꺼내고 주문을 외웠다.

"무슨 일인가?"

수정구에 나타난 카이저스의 물음에 로빈슨은 따지듯이 물었다.

"본진에 합류하라는 명령이 확실한 것입니까?"

"확실하다."

전장의 소음 속에 두 사람의 목소리는 점점 커져갔다.

"후퇴해야 합니다!"

"후퇴할 때 하더라도 지금은 가이만의 예봉부터 꺾어야 한다! 작전을 알지 않는가!"

"이미 승기는 넘어갔습니다!"

"아직 끝난 것이 아니다! 명령에 따르라!"

“개죽음입니다!”

“적의 기세를 한풀 꺾어야 안전한 퇴로를 확보할 수 있다는 사실을 잊은 것인가!”

“무리입니다!”

“명령을 따르라!”

“난 왕자요! 경이 나에게 명령을 할 권리는 없소!”

“난 국왕전하에게서 모든 권한을 위임받은 사령관이다! 명령에 따르란 말이다!”

“거부하오!”

명백하게 거부 의사를 밝힌 로빈슨은 일방적으로 통신을 끊고는 부하 장교들에게 명령을 내렸다.

“후퇴한다!”

“네?”

“지금 즉시 왕도로 후퇴해 수성전을 준비한다!”

“하지만 사령관 각하의 명령이…….”

최선임장교가 반발하자 로빈슨은 칼을 빼어 들었다.

“난 왕자다! 내 명령을 따르라!”

“지금 후퇴한다면 병력의 절반도 구하지 못합니다!”

최선임장교가 계속 반발을 하자 로빈슨은 두말 않고 장교의 목을 베었다.

“크악!”

피가 흐르는 검을 든 로빈슨은 희번덕거리는 눈으로 다른 장교들을 돌아봤다.

"누가 또 나의 명령을 거부하겠는가?"

최선임장교의 죽음을 본 장교들은 입을 다물었고, 로빈슨 왕자는 곧장 검을 들어 뒤를 가리켰다.

"즉시 후퇴한다! 부상자는 포기하고 필요한 식량과 무기만을 확보해 즉시 왕도로 후퇴한다!"

왕자의 명령에 장교들은 망루를 급히 내려갔다. 장교들의 뒤를 따라 망루에서 내려온 로빈슨은 자신의 말에 오르자마자 박차를 가했다.

"가자!"

"후퇴! 후퇴!"

"후퇴한다!"

"무기와 식량을 챙겨라!"

"으아아!"

장교들의 명령에 병사들은 허겁지겁 무기와 식량을 챙겨 들고는 뒤로 달리기 시작했다. 그렇게 무질서하게 벌어진 후퇴의 선두에 선 왕자는 계속해서 박차를 가하며 중얼거렸다.

"승산이 없는 싸움이었어. 난 볼로뉴의 다음 왕이 될 왕자다. 이렇게 개죽음을 할 수는 없어. 개죽음을 당할 수는 없단 말이다!"

아군의 후퇴를 목도한 볼로뉴의 본진과 좌군은 크게 술렁거렸다.

“아군이 후퇴한다!”

“우리도 후퇴한다!”

“도망쳐!”

이미 공포에 질려 본진에 몰려든 좌군의 병사들은 비명과 함께 다시 뒤로 도망쳤고, 덩달아 본진의 병사들 역시 달아나는 아군의 뒤를 따라 도망치기 시작했다.

“물러서지 마라!”

“자기 자리를 지켜라!”

“적전 도주는 참수형이다!”

많은 장교들이 그런 병사들의 도주를 막기 위해 고함을 지르고 칼을 빼어들었지만 병사들의 도주는 계속 이어졌고, 마침내 장교들은 그렇게 달아나는 병사들에게 칼을 휘둘렀다.

“아악!”

“커억!”

“물러서는 놈은 죽을 것이다!”

도망치던 병사들의 목을 취하던 장교들이 기어코 병사들의 앞을 가로막았다. 도망에 급급하던 병사들은 주춤거렸으나 곧 일단의 병사들이 앞을 막아선 장교들에게 창칼을 휘둘렀다.

“에잇! 이판사판이다!”

“죽어!”

“커억! 이놈…… 들…….”

“도망가자!”

자신의 부하들이 내지른 창에 찔린 장교가 입에서 피를 토하며 부하들을 노려보다가 쓰러졌다. 그런 병사들은 자신들의 상관인 장교의 시체를 밟으며 뒤로 내달렸다. 망루 위에서 그 광경을 쳐다보던 카이저스는 망루 바닥에 무릎을 꿇으며 주저앉았다.

“이 나라는 이제 끝이다…….”

한편, 가이만 군 본진에 설치된 망루 위에서 그 광경을 보던 만토이펠은 쾌재를 불렀다.

“중군에게 명령을! 즉시 돌격하라고 해!”

“알겠습니다!”

“대기 중인 중군 기병대에게 돌격 지시를 내려라!”

“알겠습니다!”

“보병들도 즉시 돌격!”

“알겠습니다!”

“좌군에게도 다시 속도를 높이라고 전해라!”

만토이펠은 쉬지 않고 계속해서 명령을 내렸고, 그의 명령을 들은 기수와 나팔수들은 연신 신호기를 흔들고 나팔을 불어댔다.

빠밤빠바바밤 빰!

“돌격 명령이다!”

“돌격!”

“돌격!”

“우와아아아아아!”

나팔소리와 함께 가이만군은 전력을 다해 무너져 가는 볼로뉴군을 공격하기 시작했다. 빠르게 무너져 가는 볼로뉴군의 진영과 그 가운데서도 격렬하게 저항하는 일부 볼로뉴의 병사들을 보면서 만토이펠은 혀를 찼다.

“누군지 몰라도 사령관이 불쌍하구먼.”

“볼로뉴의 잡놈들을 죽여라!”

“가이만 개자식들을 죽여 버려!”

“죽어!”

“죽어라!”

“지옥으로나 꺼져!”

서로 상대의 죽음을 바라는 저주와 욕설, 고함과 비명이 전장을 가득 채운 가운데 일단의 장교들이 카이저스에게 달려왔다.

“후퇴하셔야 합니다!”

장교들의 말에 카이저스는 생기 잃은 눈으로 장교들을 바라보며 물었다.

“어디로?”

"왕도로 후퇴하셔야 합니다!"

"왕도가 어디 있단 말인가? 이번 패배로 볼로뉴는 이제 존재하지 않아."

"각하!"

"크흑!"

카이저스의 말에 장교들은 눈물을 흘렸다. 사방에서 들리는 비명과 고함을 들은 카이저스는 자리에서 일어나 자신의 복장을 다시 가다듬고는 검을 손에 들었다.

"가자. 말을 준비하라."

카이저스의 명령에 병사 하나가 급히 망루를 내려갔다.

"어디로 가십니까?"

장교들의 물음에 카이저스는 망루를 내려가며 대답했다.

"전장으로. 패전의 책임은 져야 하지 않겠나?"

"각하!"

장교들은 급히 카이저스의 뒤를 따라 망루를 내려갔다. 말에 오른 카이저스는 대기하고 있던 자신의 기사단을 돌아보았다.

"나를 따르라!"

검을 뽑아 든 카이저스가 말을 내달리자 기사단 역시 그의 뒤를 따랐고, 망루에서 내려온 장교들은 자신들의 부하들에게 외쳤다.

"총사령관의 뒤를 따른다!"

“우와아!”

앞장서 달리는 총사령관의 모습을 본 볼로뉴 병사들은 악에 받친 함성을 지르며 가이만 군에게 달려들었고, 가이만 군의 병사들 역시 그런 볼로뉴 군들을 향해 벌떼처럼 달라붙었다.

카이저스 공작과 그의 기사단은 하나가 되어 가이만 군의 진영을 뚫고 나갔다. 선두에서 기사단을 지휘하던 카이저스는 전장 한편에 보이는 브레이커스를 보게 되자 말머리를 돌렸다.

“킴멜을 죽인 놈들이로군! 저승길 동무로 안성맞춤이다! 가자!”

“각하를 보호하라!”

“돌격!”

두두두두두!

카이저스와 기사단은 전력을 다해 브레이커스를 향해 돌격해 들어갔다. 브레이커스와 합류해 있던 보리스는 급히 명령을 내렸다.

“다이아몬드 대형으로! 대기병전을 준비하라!”

“다이아몬드! 다이아몬드!”

“경장보병은 피해라!”

“방패수 앞으로!”

"궁수들은 적들을 향해 활을 쏴라!"

보리스의 명령에 이어 여기저기서 지휘관들의 명령이 이어졌고, 궁수들이 쏘아대는 화살들이 카이저스의 기사단에 집중되었다.

새까맣게 쏟아지는 화살 공격에 적잖은 수의 기사들이 바닥을 굴렀지만, 카이저스를 비롯한 많은 수의 기사들은 브레이커스를 향해 달리는 것을 멈추지 않았다.

콰쾅!

"아악!"

"컥!"

강한 충돌음과 함께 장창에 꿰인 기사들과 그들의 랜스에 꿰인 브레이커스의 병사들이 사방으로 튕겨나갔지만, 기사들과 브레이커스의 충돌은 끊이지 않았다.

고슴도치처럼 장창을 내밀고 앉아 있는 브레이커스를 뚫지 못한 카이저스의 기사들은 다이아몬드 방진의 옆으로 말을 몰며 랜스를 찔렀고, 브레이커스군 안쪽에 있던 병사들도 틈을 노려 장창으로 기사들을 찔렀다.

그러던 중 기사들은 점차 속도가 느려져 갔고, 그 틈을 노린 가이만의 경보병들은 카이저스의 기사단 사이로 파고들었다.

"적들의 속도가 죽었다!"

"죽여 버려!"

“죽어!”

“아악!”

병사들에게 둘러싸인 기사들이 좌우로 검을 휘두르고, 그들이 탄 말들이 거칠게 저항했으나 하나둘 가이만 병사들에게 붙잡혀 끌려 내려왔다.

땅에 끌려온 기사들은 계속해서 저항했지만 곧 바닥을 나뒹굴었고 쓰러진 그들의 몸 위로 수많은 검들이 내리 꽂혔다.

“기사단이 위험하다!”

“돌격!”

절망적 위기에 빠진 카이저스와 기사단을 구출하기 위해 볼로뉴의 남은 병사들이 전력으로 달렸지만, 그런 그들을 가이만의 기병대와 보병들이 막아섰다.

“쓸어버려!”

히히힝!

두두두두!

해일처럼 밀어닥치는 가이만 군의 공세에 마침내 볼로뉴의 군기가 볼로니아 평원에 쓰러졌다.

“적의 총사령관을 잡았습니다.”

보리스의 보고에 천막 안에 앉아 있던 만토이펠이 모습을 드러냈다. 여기저기 피칠갑을 한 채 밧줄에 묶여 있는 카이저스를 본 만토이펠은 조소가 가득한 목소리로 물었다.

"패인이 무엇이라고 생각하나?"

"명령에 따르지 않는 지휘관을 둔 것이오."

"호오?"

당번병이 가져다 놓은 의자에 앉은 만토이펠은 다시 카이저스에게 물었다.

"좌우군의 지휘관이 누구였나?"

"볼로뉴의 왕자들이오."

예상보다 고위인사를 부하로 둔 적장이 궁금해진 만토이펠은 얼굴에 의아함이 묻어났다.

"그럼 당신은 누구인가?"

"빅토르 폰 카이저스. 대볼로뉴 왕국의 공작."

"이런 볼로뉴의 하나뿐인 공작이셨군."

패장에다 포로의 신분이었지만, 카이저스는 당당함을 잃지 않고 적장 만토이펠을 노려보았다.

"그대는 누구인가?"

"이제는 제국이 될 가이만의 만토이펠 자작이오."

가볍지만 무례하지 않게 군례를 취한 만토이펠은 카이저스를 바라보았다.

"원하는 것이 있소?"

"패장일 뿐만 아니라 망국의 신하가 무엇을 바라겠나? 단지 명예롭게 죽고 싶을 뿐이다."

"공작은 볼로뉴가 망할 것이라고 보오?"

"그대와 가이만의 국왕이 원하는 것이 볼로뉴의 패망이 아 닌가!"

카이저스의 말에 만토이펠은 쓴웃음을 지으며 다시 물었 다.

"다른 것은 없소?"

"내 주군과 이야기를 나누고 싶소."

카이저스의 요청에 만토이펠은 깍지 낀 손에 얼굴을 묻으 며 잠시 생각을 하더니 고개를 끄덕였다.

"좋소. 통신담당 마법사를 불러라!"

"알겠습니다."

＊　　　＊　　　＊

"아군이 돌아온다!"

"성문을 열어라!"

사흘 뒤, 활짝 열린 볼로니아의 성문으로 엉망이 된 볼로뉴 군이 들어섰다. 성으로 들어선 로빈슨은 뒤따르는 장교들에 게 명령을 내렸다.

"경계를 강화하고 병사들의 준비태세를 강화하라."

"강행군에 지친 병사들이 많습니다."

"적들이 언제 올지 몰라! 방어가 우선이다!"

로빈슨의 서슬에 장교는 어쩔 수 없다는 표정으로 군례를 올리고는 몸을 돌렸다. 명령을 들은 장교들이 병사들을 채근하는 것을 본 로빈슨은 왕궁으로 향했다.

로빈슨이 궁 안으로 들어서자 근위기사들이 로빈슨을 둘러쌌다.

"무슨 일이냐?"

"무장을 해제해 주시기 바랍니다."

"뭐라! 난 볼로뉴 왕국의 제1왕자 로빈슨이다!"

로빈슨이 한발 뒤로 물러서며 저항을 하자, 기사들은 한발 앞으로 나서며 로빈슨을 압박했다.

"국왕전하의 명이십니다."

"거부한다!"

창!

로빈슨이 재차 거부하자 가장 앞에 서 있던 근위기사가 검을 빼어 로빈슨의 목에 겨누었다.

"전하께서는 명을 거부하면 죽여도 좋다고 하교하셨습니다."

"이익! 룀경!"

로빈슨은 자신의 목에 검을 겨눈 근위기사의 이름을 외쳤지만, 근위기사의 반응은 냉랭했다. 그는 재차 국왕의 명을 되풀이했다.

"무장을 해제하시오."

"빠득!"

챙강!

로빈슨은 룀을 노려보며 허리에 찬 검을 풀러 바닥에 집어 던졌다.

"전하께 안내하겠습니다."

"내 이 일을 단단히 추궁할 것이다!"

근위기사들에게 둘러싸인 로빈슨은 분통을 터뜨리며 걸음을 옮겼다.

"로빈슨 왕자 입실이옵니다!"

시종의 외침과 함께 들어선 로빈슨은 전면에 놓인 권자에 앉은 국왕을 보고는 씩씩거리며 걸음을 옮겼다.

"아바마마!"

크게 소리치며 로빈슨이 다가오자, 국왕을 호위하고 있던 근위기사들이 로빈슨의 앞을 가로막았다.

"이 무슨 짓이냐!"

"예를 취하시오!"

"난 왕자다!"

"이곳은 국왕전하의 어전이오! 예를 취하시오!"

기사들의 외침에 로빈슨은 무릎을 꿇으며 예를 취했다.

"대볼로뉴 왕국의 국왕전하를 뵙습니다."

고개를 숙인 로빈슨의 귀로 국왕의 차가운 목소리가 들렸다.

“왜 돌아왔나?”

“네?”

“제2왕자도 죽고 카이저스 공작 역시 처형당했다. 그런데 너는 왜 돌아왔나?”

“볼로뉴를 지키기 위해서입니다!”

“이 나라를 지키기 위해서? 허!”

로빈슨 왕자의 항변에 국왕은 코웃음을 쳤다.

“그래서 총사령관의 명령도 불복하고 제일 먼저 도망쳐 왔느냐?”

“그…… 그것은…….”

국왕의 비난에 로빈슨은 말을 더듬거렸다.

“애초에 볼로니아 평야에서 회전을 벌인 이유를 잊은 것이냐?”

“그것은 처음부터 무리한 작전이었습니다! 가까스로 맞춘 3만의 병력으로 5만의 가이만 군을 이길 수 있다는 것은 애초에 어불성설이었습니다!”

“누가 이긴다고 했었느냐! 가이만 군에게 최대의 타격을 입혀 협상 테이블에 앉히는 것이 목적이 아니었느냐!”

“그러기 위해서는 회전보다 이 성에서 수성전을 벌이는 것이 최선이었습니다! 이 왕도 볼로니아를 단단히 지켜낸다면 저들을 협상테이블에 앉힐 수 있습니다!”

“누구 마음대로?”

"네?"

국왕은 로빈슨에게 몇 장의 종이를 던졌다.

"정찰대가 보내온 보고다. 읽어봐라!"

국왕의 명령에 로빈슨은 보고서들을 손에 쥐었다.

"왕도로 진격중인 가이만 군 확인. 약 4만 병력……. 왕도로 진격 중인 가이만 군의 규모는 점점 감소 현상. 가이만 군의 현재 규모 2만. 최종보고. 왕도 진격, 가이만 군의 규모 2만."

"평원의 회전에서 가이만 군의 손실은 거의 없었다고 알려졌다. 그럼 나머지 3만은 어디에 있을 것 같나?"

국왕의 물음에 로빈슨은 잠시 궁리를 하다 답변을 내놓았다.

"이미 승리했다고 여겨 회군한 것입니까?"

"멍청한 놈!"

로빈슨의 대답에 국왕은 대노하며 옆에 있던 은잔을 집어던졌다.

빠악!

"큭!"

묵직한 은잔이 부딪힌 이마에서 피를 흘리며 로빈슨은 비명을 내질렀다. 품에서 꺼낸 손수건으로 이마의 피를 닦는 로빈슨을 향해 국왕이 다시 고함쳤다.

"회군이라고? 너 같으면 지금 상황에 회군을 하겠느냐!"

"하지만 그것 외에는……."

"그렇게밖에 생각을 하지 못하니 패전을 한 것이다! 이것을 읽어보라!"

국왕은 남아 있던 보고서들을 로빈슨에게 집어던졌다. 로빈슨은 국왕이 던진 두 번째 서류들을 손에 들었다.

"가이만 군, 왕국 전역으로 산개. 최소단위 3000……."

"그 보고가 뜻하는 것이 무엇인지 알겠느냐?"

"……."

국왕의 물음에 로빈슨은 입을 다물었다. 하지만 국왕은 그치지 않고 계속해서 소리쳤다.

"무엇인지 알겠느냐고 물었다!"

"……왕국을 병탄하는 것입니다."

"잘 아는구나! 그런데도 너의 죄를 모르겠느냐?"

"모르겠습니다! 적들의 발을 묶어 시간을 벌면서 적의 적을 이용한다는 것이 무슨 잘못입니까!"

"정녕, 네놈이!"

대노한 국왕은 의자에서 일어나 로빈슨에게 달려왔다.

창!

따라붙은 근위기사에게서 검을 뽑아 들은 국왕은 로빈슨의 목에 검을 갖다댔다.

"네 말대로 적의 적을 이용한다는 것은 틀린 답이 아니다. 그렇다면 그렇게 만들기 위해 무엇을 해야 하느냐? 뉴포츠에

있는 2만을 포함한 7만의 병력! 그것이 가이만이 우리를 향해
쓸 수 있는 최대의 병력이었다. 그 가운데 5만이 공격해 왔
다. 그 5만에 최대의 피해를 줄 수 있다면 우리를 계속해서
압박할 여력이 없는 가이만은 협상 테이블에 앉을 수밖에 없
을 터였던 것이다! 그리고 그 점은 이미 회전이 벌어지기 전
에 충분히 설명을 했었다! 설마 그것을 잊지는 않았겠지?"

"잊지 않았습니다……."

"그런데 너와 해리슨이 한 짓이 무엇이었냐! 총사령관의
명령을 무시하고 무슨 짓을 했더냐!"

국왕이 고함을 칠 때마다 로빈슨의 목에서 조금씩 피가 흘
러나왔다. 자신의 목에서 흐르는 피를 알지도 못하고 로빈슨
은 필사적으로 변명했다.

"모든 것의 시작은 해리슨이었습니다! 해리슨이 명령을 따
르지 않고 전투를 벌임으로써 아군은 승기를 잡을 수 없게 되
었습니다! 그런 상황에서 최선의 상황은 후퇴밖에 없었습니
다!"

"해리슨의 부대가 무너졌어도 중군과 우군이 제대로만 움
직였어도 승기를 잡을 수 있었다! 아니, 승기를 잡을 수 없어
후퇴를 한다하더라도 제대로 후퇴만을 했다면 이 상황까지는
오지 않았을 것이다! 총사령관인 카이저스가 후퇴를 가정하
고 세운 계획이 무엇이었더냐?"

"병력을 주요 요충지로 흩어 유격전을 벌이는 것이었습

니다.”

“그대로 했느냐?”

“……”

“할 말이 없겠지. 제일 먼저 도망치기 바빴는데 그럴 생각이나 했겠느냐? 그래서 결론이 이렇게 난 것이다!”

“아직 끝나지 않았습니다! 지금이라도 볼로니아를 제대로 지켜낸다면!”

“이 멍청한 자식아! 너희 두 놈 때문에 모르드가 움직일 기회를 잃었단 말이다! 이제 볼로뉴의 땅이라고 불릴 수 있는 곳도 이곳과 뉴포츠밖에 안 남았다! 너희 두 놈 때문에……! 지금 그 죄를 대신하여 죽어라!”

국왕은 당장이라도 로빈슨의 목을 자를 듯이 검을 높게 치켜들었다. 눈을 꼭 감은 채 공포에 떠는 로빈슨을 본 국왕은 검을 옆으로 집어던졌다.

챙강!

“당장 저 놈을 감옥에 쳐 넣어라!”

국왕의 명에 기사들은 로빈슨의 양팔을 붙잡고 밖으로 끌고 나갔다. 처음 들어올 때와 달리 로빈슨은 고개를 숙인 채 힘없이 끌려 나갔고, 자리에 돌아온 국왕은 한숨을 쉬고는 다시 전황을 살폈다.

“로빈슨이 끌고 온 병력이 얼마나 되나?”

“약 4천명입니다.”

"왕도에 남은 병력이 2천이었지?"

"그렇습니다."

"합쳐서 6천. 가까스로 방어는 할 수 있겠군."

"다른 문제가 있습니다."

"다른 문제?"

"식량이 얼마 없습니다. 지금까지 조사한 바에 따르면 닷새 분밖에 없습니다. 그리고 왕도에 거주하는 시민들의 사기 저하도 심각한 상황입니다."

"크흠……."

신하들의 보고에 국왕은 침통한 표정을 지었다.

"가이만 군은 지금 어디까지 왔나?"

"내일이면 도착할 듯싶습니다."

"뉴포츠와의 연락은 어떠한가?"

"이미 사흘째 통신두절입니다."

"하아~."

길게 한숨을 쉰 국왕은 신하들에게 명령을 내렸다.

"백성들과 병사들이 도망치지 못하도록 감시를 엄중히 하게. 그리고 성 안에 거주하는 남자들 가운데 싸울 수 있는 남자를 모두 징집하도록."

"알겠습니다."

명령을 들은 신하들이 고개를 숙이며 대답하자, 국왕은 자리에서 일어났다.

"비록 소국이지만 가이만만큼이나 오랜 역사를 가진 우리 볼로뉴다. 그리 쉽게 넘겨줄 수는 없지. 가서 일들 보게나."

다음날 아침, 볼로뉴의 왕도 볼로니아의 성벽 앞에는 가이만 군의 군기들이 펄럭이기 시작했다.

*   *   *

"드디어 최종목적지로군."
"그렇습니다."
코앞에 있는 볼로니아의 성벽을 보며 만토이펠이 자신의 감상을 이야기하자, 주위에 포진한 장교들은 고개를 끄덕이며 화답했다.
잠시 더 볼로니아의 성벽을 보던 만토이펠이 몸을 돌려 텐트로 들어가자, 그 뒤를 따라 지휘관들이 텐트로 들어가 테이블에 둘러앉았다.
당번병들이 갖다놓은 차를 마시며 만토이펠과 지휘관들은 회의를 하기 시작했다.
"볼로니아를 지키는 병력은 얼마라고 하나?"
"세작이 보낸 정보로는 약 5천 정도라고 합니다만 볼로니아의 거주인구가 약 5만인 것을 따지면 적어도 1만 5천에서 2만이라고 볼 수 있습니다."

"그렇겠지. 지금 우리의 병력이 2만이니 쉽게 몰아칠 수는 없겠군."

"그렇습니다."

"볼로니아 안의 식량상황은 어떠한가?"

"그동안의 정보를 기반으로 따지면 아마도 닷새에서 열흘 정도의 식량은 확보하고 있을 것입니다. 이 정도라면 배급이나 다른 수단을 써서 최대한 아꼈을 때, 한 달 정도는 버틸 것으로 예상하고 있습니다."

정보장교의 보고에 만토이펠은 손가락으로 테이블을 두들기며 펼쳐진 지도를 쳐다봤다.

"그럼 처음 작전대로 갈 수밖에 없겠군. 갈라져 나간 병력 가운데 1만은 제 위치에 가 있겠지?"

"오늘 새벽에 보고가 왔습니다. 볼로니아의 배후에 도착했다고 합니다. 다른 2만은 지금도 착실하게 병탄작업을 하고 있다고 합니다."

"쓸데없는 약탈이나 살상을 금하도록 다시 주지시키게. 이제는 우리 가이만의 땅이고, 우리 가이만의 백성들이야."

"예. 다시 한 번 더 이르겠습니다."

"그럼, 우리의 작전은……."

만토이펠이 막 입을 여는 순간 텐트의 휘장이 걷혔다. 그곳에서 한 장교가 들어서며 만토이펠에게 군례를 올렸다.

"무슨 일인가?"

군례를 받으며 만토이펠이 묻자, 장교는 한 장의 종이를 만토이펠에게 내밀었다.

"뉴포츠에서의 연락입니다."

"그래?"

건네받은 종이를 읽은 만토이펠이 크게 웃으며 지휘관들을 돌아봤다.

"뉴포츠가 항복을 했다!"

"우와!"

"축하드립니다!"

만토이펠의 말에 텐트 안은 함성과 만토이펠에게 건네는 축하인사로 웅성거렸다.

"자! 자! 조용!"

지휘관들을 조용히 시킨 만토이펠은 아까보다 더욱 자신감에 가득 차 입을 열었다.

"우리의 계획이 옳다는 것을 저 뉴포츠가 증명해 주는군. 이 볼로니아의 공략도 뉴포츠의 방식을 따른다. 쇠뇌와 캐터펄트, 투석기들의 장비는 충분하지?"

"충분합니다! 그리고 투석전에 사용할 바위와 쇠뇌의 촉을 만들 장인들과 재료들도 충분히 확보했습니다."

공병장교의 대답에 만토이펠은 만족의 표정을 지었다.

"좋아. 좋아. 뉴포츠와 마찬가지로 이번 볼로니아의 공략도 공병이 주력이다. 공병은 저 볼로니아의 성벽을 차근차근 확실하게 부수도록. 그 뒤를 궁병이 받친다. 보병들은 계속해서 성벽에 접근해서 저들이 계속 긴장하도록 만든다. 단, 너무 가깝게 접근해 쓸데없는 희생은 만들지 말도록. 다시 말하지만, 앞으로 우리 왕국이 제국으로 나가기 위한 길은 멀고도 험하다! 쓸데없는 희생은 필요없으니 우리 측의 피해는 최소로 하면서 저들이 먼저 제풀에 지쳐 넘어가도록 만든다. 알겠나?"

"알겠습니다!"

만토이펠의 물음에 지휘관들은 이구동성으로 대답했다.

"좋아. 작전은 사자가 갔다 온 다음에 시작하는 것으로 하지. 그리고 사자는……. 예거대령!"

만토이펠의 부름에 보리스는 자리에서 일어났다. 보리스를 본 만토이펠이 명령을 내렸다.

"사자는 자네가 가도록. 자네라면 어지간한 상황에서도 몸을 빼낼 수 있겠지."

"알겠습니다."

보리스의 대답을 들은 만토이펠은 뒤에 있는 트렁크에서 한통의 두루마리를 꺼냈다.

"국왕전하께서 내리신 항복권유 서한이다. 대답은 빤하겠지만 우선은 항복을 권유하도록."

"알겠습니다!"

만토이펠에게서 두루마리를 건네받은 보리스가 군례를 올

리고 물러나자, 만토이펠이 다른 지휘관들을 돌아보았다.

"귀관들도 준비하도록!"

만토이펠의 말에 지휘관들은 자리에서 일어나 군례를 취하고는 서둘러 밖으로 나갔다.

백기를 들고 일단의 기병들과 함께 볼로니아의 성문 앞에 도착한 보리스가 성벽을 향해 고함을 외쳤다.

"가이만의 사자다! 문을 열어라!"

보리스의 외침에 성벽 위에 모습을 드러낸 볼로뉴의 기사가 외쳤다.

"무슨 일이냐!"

"대가이만 왕국의 국왕이신 지그문트 국왕전하의 친서를 가지고 왔다!"

"기다려라!"

대답과 함께 기사가 사라졌고, 잠시 후 볼로니아의 굳게 닫힌 성문이 열렸다.

끼이익!

성문이 열리고 일단의 기병들이 말을 몰고 나와 보리스와 기병들을 둘러쌌다.

"친서를 내놔라."

"이것을 볼로뉴의 국왕에게 직접 전하라는 명을 받았다."

"잔말 말고 친서를 내놔라."

"줄 수 없다."

보리스의 거부에 기사들의 눈초리가 사나워졌다.

"죽고 싶나?"

"귀국은 사자를 이렇게 대접하나? 이것이 볼로뉴의 방식인가?"

보리스의 반문에 볼로뉴 기사들의 분위기는 더욱 험악해졌지만, 보리스는 아랑곳하지 않고 당당하게 그들을 쳐다봤다. 잠시의 대치 후에 기사들의 대장으로 보이는 자가 말머리를 돌렸다.

"따라와라."

보리스를 선두로 가이만의 사자들은 볼로뉴의 기사들에게 포위된 채 왕궁으로 향했다. 기사들에게 둘러 싸였지만 보리스는 쉬지 않고 주변을 살폈다.

궁에 들어서자마자 무장을 해제당한 보리스와 기병들은 곧장 볼로뉴의 국왕에게 안내되었다.

옥좌에 앉은 국왕을 본 보리스와 기병들은 절도 있는 동작으로 군례를 올렸다. 가볍게 손을 들어 답례를 한 볼로뉴의 국왕은 보리스에게 물었다.

"과인이 볼로뉴의 국왕이다. 그대는 누구인가?"

"가이만 중장보병대 브레이커스의 지휘관인 보리스 예거 대령입니다."

"대령? 처음 듣는군."

"가이만의 군 계급입니다."

"귀족이 아닌가?"

"아닙니다."

"평민인데 군 지휘관이라…… 신선하군. 계급까지 만든 것을 보면 자네 같은 친구들이 꽤 있나보지?"

"그렇습니다."

"흐음……. 그래, 자네의 국왕이 무엇을 보냈나?"

볼로뉴 국왕의 질문에 보리스는 품에서 두루마리를 꺼내 시종에게 건넸다. 마법사가 이상이 없음을 확인하고 나서야 두루마리는 국왕에게 건네졌다.

두루마리를 풀어 안에 적힌 내용을 읽은 국왕은 코웃음을 흘렸다.

"항복하면 '전' 국왕과 왕족으로서 합당한 대우와 풍족한 생활을 약속하겠다라……."

두루마리를 다시 읽으며 피식 웃는 국왕을 본 보리스가 뒤에 선 기병에게 손짓을 했다. 보리스의 손짓에 기병이 들고 있던 나무 상자를 보리스에게 건넸고, 보리스는 그 상자를 앞으로 내밀었다.

"그것은 무엇인가?"

"볼로뉴의 국왕께 드리는 제 개인적인 선물입니다."

"개인적인 선물?"

보리스가 내민 나무상자는 두루마리와 동일한 과정을 거쳐 국왕에 올라갔다. 시종이 뚜껑을 열자 상자 안에서 하얀 깃털이 피로 붉게 물든 투구가 나왔다.

시종이 그 투구를 꺼내자 국왕의 눈이 부릅떠졌다.

"이것은!"

"제가 이끄는 브레이커스에게 죽은 볼로뉴의 소드 마스터, 킴멜의 투구입니다."

"킴멜……."

아직도 검붉은 핏자국이 여기저기 묻은 투구를 쓰다듬으며 국왕은 눈물을 흘렸다. 국왕 옆에서 보리스를 노려보던 신하 하나가 보리스에게 따지듯 소리쳤다.

"일기토가 아닌 상황에서 마스터를 죽인 것은 명예롭지 못한 것 아닌가?"

"마스터 한 명이 수십, 수백을 개처럼 죽이는 것은 명예로운 일입니까?"

"뭐라!"

"전쟁의 미덕은 승리뿐입니다. 승자만이 명예를 가질 뿐입니다."

"이놈이……! 위병!"

보리스의 말에 발끈한 신하가 위병을 불렀지만 국왕이 손을 들어 제지했다. 국왕은 눈물 젖은 눈으로 보리스를 바라보며 물었다.

“그래서 자네는 무엇을 얻었나?”

“단지 숫자로만 불리던 중장보병부대에게 지그문트 국왕 전하께서 친히 ‘브레이커스’ 라는 이름을 지어주셨습니다. ‘소드 마스터를 상대로 최초로 승리한 부대’ 라는 명예는 이 브레이커스라는 부대명과 함께 할 것입니다.”

“그렇군……. 하아~.”

길게 한숨을 쉰 국왕은 고개를 들었다.

“우리 볼로뉴 왕국의 역사는 가이만만큼이나 오랜 역사일세. 풍전등화의 위기지만 볼로뉴 왕국의 옥새는 쉽게 넘겨줄 수 없지. 옥새를 원하면 승자가 되어서 가지러오게. 이것이 나의 대답일세.”

항복을 거부한 국왕은 기사들에게 손짓을 했다.

“사자들을 돌려보내라.”

다시 성문이 열리고 보리스와 기병들은 볼로니아를 나섰다. 볼로뉴 군의 화살이 닿지 않는 곳까지 말을 몰고 온 보리스는 손에 쥔 백기를 거꾸로 쥐어 땅에 박았다. 보리스가 깃발을 땅에 꽂자 만토이펠은 고개를 끄덕였다.

“거부로군.”

보리스가 돌아오자 지휘관들은 다시 만토이펠의 텐트에 모였다.

“볼로니아의 상황은 어떠한가?”

"기사들과 병사들의 사기는 그다지 높아 보이지 않았습니다. 주민들의 동요를 의식한 듯 요소요소에 감시초소가 만들어져 있었습니다."

"병사들의 수는?"

"본진과 대면한 부분을 기초로 계산해 본다면 약 1만 5천 정도입니다. 하지만 대다수가 급조된 병력으로 보입니다. 무장이 형편없었습니다."

"상층부의 항전의지는?"

"겉으로 보기에는 강해보입니다만……. 억지로 강함을 주장하는 것처럼 보였습니다."

"그렇군."

보리스의 대답을 들은 만토이펠이 곧 결정을 내렸다.

"10분 후, 공세를 시작한다. 아까 말한 작전을 유념하도록!"

"알겠습니다!"

만토이펠의 명령에 지휘관들은 대답과 함께 군례를 올리고는 밖으로 달려 나갔다.

*　　　*　　　*

빠바바밤!

빠바밤!

10분 후, 정렬해 있던 가이만 군 여기저기서 나팔소리가 울려 퍼졌다.

"부대 앞으로!"

"전진!"

"사선에 선 궁수들은 시위를 걸어라!"

"줄을 당겨라! 돌을 얹어라!"

"기름동이에 불을 붙여라!"

브레이커스를 선두로 중장보병대가 앞으로 걸어 나가기 시작했고, 그 뒤를 따라 경장보병대가 움직이는 가운데 궁수들은 활에 살을 얹었다.

대형 공성병기들을 담당하는 병사들은 지렛대와 도르레를 당기고, 돌과 불이 붙은 기름동이를 지렛대의 끝에 얹었다.

이런 가이만 군의 움직임을 본 볼로뉴의 병사들 역시 행동을 서둘렀다.

"궁수들은 성벽에 올라라!"

"성문을 정비하라!"

"병사들은 위치로!"

창과 활을 든 병사들은 흉벽에 몸을 숨기고 고개만을 내민 채 가이만을 감시했다. 그들 사이사이 고참병들과 장교들이 뒤에서 바쁘게 소리쳤다.

"함부로 고개를 내밀지 마라!"

"적들이 사선에 들어오기 전까지는 화살을 쏘지 마라!"

"모래주머니를 잘 간수해!"

“겁먹지 마라!”

혼란 속에서도 가이만의 공성부대는 천천히 성벽을 향해 다가오고 있었다.

망루에 올라 아군의 전진을 보던 가이만 군의 공병지휘관은 오른손을 들어올렸다. 가이만 군의 선도부대가 볼로뉴 군의 사선 끝자락에 도착하는 순간, 들려 있던 지휘관의 오른손이 아래로 휘둘러졌다.

“쏴라!”

“쏴!”

퉁! 투퉁! 투투퉁!

둔탁한 소음과 함께 커다란 돌덩이들이 하늘을 날아올랐고, 불붙은 기름동이들이 그 뒤를 따라 하늘을 수놓았다.

수십 수백의 돌덩이들과 기름동이들이 하늘을 빽빽이 메우자, 웃통을 벗어 붙인 장정들이 투석기와 캐터펄트에 달라붙었다.

“당겨! 당겨!”

“돌을 얹어라!”

“기름동이를 얹어라! 불을 붙여!”

“쏴! 어서 쏴!”

잠시 후, 또다시 돌덩이들과 불덩이들이 하늘로 날아올랐다. 돌들과 불덩이들이 날아가자 좀 더 앞쪽에 자리를 잡고 있던 쇠뇌들도 거대한 강철화살로 시위를 올렸다.

"당겨!"

쉬쉬식!

발사명령이 떨어지자 지렛대를 잡고 있던 병사들은 지렛대를 당겼고, 팽팽하게 당겨졌던 굵은 시위가 거대한 살을 쏘았다.

성벽을 향해 날아오는 돌덩이들과 불덩이들을 본 볼로뉴의 병사들은 비명과 같은 외침을 지르며 몸을 웅크렸다.

"온다!"

"성벽에서 떨어져라!"

콰쾅! 와르르!

"아악!"

쨍그랑!

화르륵!

"아악! 불이 붙었다!"

"뜨거워! 뜨거워!"

"아아악!"

"불을 꺼라! 모래를 퍼부어!"

하늘에서 떨어지는 돌덩이들이 두터운 성벽의 벽체를 두들길 때마다 거대한 성벽이 흔들거렸고, 병사들이 늘어선 성벽 꼭대기로 날아온 돌들은 병사들이 몸을 숨긴 흉벽을 깨부쉈다.

불운한 병사들은 가이만 군이 날린 돌덩이, 부서진 성벽의 파편과 함께 비명을 지르며 땅으로 추락하거나 돌에 깔려 목숨을 잃었다.

그 뒤를 이어 날아온 기름동이들은 날카로운 파열음과 함께 불붙은 기름을 사방으로 튀겼고, 불이 옮겨 붙은 병사들은 비명과 함께 팔다리를 휘젓다가 성벽 바닥에 쓰러지거나 애처로운 비명을 지르며 성벽 아래로 떨어졌다.

근처에 모래주머니가 있던 병사들이 불붙은 성벽과 병사들에게 모래를 뿌리는 혼전 가운데 가이만 군의 제2파가 성벽으로 날아들었다.

"또 온다!"

둥! 둥! 둥! 둥!

따라라락! 따라락!

큰북과 작은북이 만들어 내는 리듬에 맞춰 가이만 군의 보병들은 천천히, 그러나 꾸준하게 볼로뉴의 성벽을 향해 걸음을 옮겼다.

그렇게 진군을 계속하는 병사들의 눈에 돌과 불에 처절하게 당하는 볼로뉴의 성벽이 들어왔고, 그 위에서 지르는 볼로뉴 병사들의 비명이 귓속에 파고들었다.

"저러다 끝장나겠군."

"그냥 가볍게 성벽을 넘으면 될 것 같은데?"

몇몇 병사들이 아군의 공격을 보면서 대화를 나누자, 그들의 옆에 있던 고참병사가 면박을 주었다.

"멍청이들아! 전쟁이 그렇게 쉬운 줄 아냐! 전투 중에 가장 힘들고, 더럽고, 위험한 것이 공성전이야! 좀 있으면 화살 비가 날아올 것이다!"

그 말이 끝나기 무섭게 볼로니아의 성벽에서 화살이 쏟아지기 시작했다.

"방패를 들어라!"

"거북대형으로!"

장교들의 명령에 병사들은 곧장 방패를 들어 머리를 가렸다. 수십, 수백의 방패들이 겹쳐지면서 햇빛을 가렸고 그 위로 화살들이 내리꽂히기 시작했다.

투퉁! 투투퉁! 파팍!

방패들이 만들어낸 그늘 속에서 고참 병사는 누런 이를 드러내면서 조금 전까지 낙관적인 대화를 나누던 병사들을 보며 웃었다.

"이 소리 들리지? 내가 뭐랬어?"

볼로니아 성을 지키는 볼로뉴 병사들은 가이만 보병대의 접근을 막기 위해 계속 모습을 드러냈고, 그러는 동안에 가이만 공병대에게 심각한 피해를 입었다. 점심 경에 시작된 전투는 해가 질 즈음이 되어서야 막을 내렸다.

가이만 본진에서 나팔소리가 들리자 성벽을 향해 접근을 하던 가이만의 보병부대는 미련없이 뒤로 물러섰고, 지친 볼로뉴의 병사들은 힘없이 성벽 바닥에 주저앉았다.

방어를 총지휘한 룀은 지친 목소리로 명령을 내렸다.

"피해상황을 조사하고 부서진 곳을 보강하라."

"알겠습니다."

"야습이 있을지 모르니 야간경계를 강화하도록."

"알겠습니다."

룀만큼이나 지친 기사가 밖으로 나가자, 룀은 의자에 주저앉았다. 투구를 벗고 땀에 젖은 머리카락을 뒤로 넘기며 룀은 중얼거렸다.

"며칠이나 버틸 수 있을까?"

부하들의 보고를 종합한 룀은 곧장 궁으로 돌아가 국왕을 배알했다.

"수고했소."

"과찬이십니다."

룀의 분투를 치하한 국왕은 곧 전투에 관해 물었다.

"피해는 얼마나 많이 입었소?"

"전사 300명에 부상 800명입니다. 부상자 중에 전투를 할 수 없는 중상은 550명입니다."

"단 한 번의 전투에 850명을 잃었군. 그럼 적의 피해는?"

"거의 없습니다. 많아야 기십 정도입니다. 저들은 필요 이상 접근을 하지 않았습니다."

"허어……."

"죄송합니다."

"아니오. 막아낸 것만 해도 큰 공이지. 다친 병사들의 치료에 만전을 기하시오. 가서 쉬도록 하시오."

"감사합니다."

룀이 물러가자, 국왕은 다른 신료들에게 물었다.

"다른 피해는 없소?"

"성벽을 넘어 날아온 돌과 기름에 백성들의 피해가 발생했습니다. 약 40여 호의 주택이 불탔고, 3000여 명이 죽었습니다."

"그렇게나 많이?"

"화재지역에서 도망치기 위해 움직이다 밟혀죽은 사람들이 많았습니다."

"약탈도 10건 보고되었습니다. 강간도 약 30여 건이……."

"그만!"

신하들의 보고에 국왕은 손을 저으며 고함을 쳤다. 찔끔하며 입을 다문 신하들에게 국왕은 엄한 목소리로 일갈했다.

"이제 겨우 첫날이 지났을 뿐이오! 앞으로 얼마나 더 힘든 날을 겪어야할 지 모르는 상황이란 말이오! 당장 치안을 강화하시오! 자신의 배만 채우거나 함부로 부녀자들에게 피해를 입히는 자들은 참수하시오!"

"알겠습니다!"

"가서 일들 보시오!"

국왕의 축객령에 신하들은 서둘러 예를 취하고 밖으로 나갔다. 빈 어전회의실에서 국왕은 창밖의 하늘을 쳐다봤다.

"신이시여……."

그날 밤, 볼로니아의 성벽 위는 여기저기 피워놓은 횃불로 환하게 밝혀져 있었다.

창을 쥐고 선 병사들이 성벽에 서서 어둠 속에 가려진 가이만 군의 진지를 노려보는 가운데, 성벽 아래는 10대의 마차가 조용히 다가오고 있었다.

입과 말굽에 천을 감아 소리를 죽인 말들이 끄는 검게 칠한 마차에는 가이만 군의 궁수들이 검게 칠한 타워실드 뒤에 몸을 숨기고 있었다.

"이쯤이 좋겠군."

성벽 위의 볼로뉴 병사와의 거리를 가늠한 보리스가 손을 들자, 대기하고 있던 병사가 랜턴을 들어 뒤따르는 마차에 신호를 보냈다.

선두를 따르던 마차들이 멈춰 서자, 보리스는 동승하고 있던 궁수들에게 조용히 속삭였다.

"10발이다. 모두 10발씩만 쏘고 후퇴한다. 알겠지?"

"알겠습니다."

궁수들은 작게 대답하고는 화살을 시위에 걸었다. 보리스 역시 시위에 화살을 걸고 호흡을 조정했다.

"쏴라!"

쉬쉬쉭!

보리스의 고함과 동시에 10대의 마차에 탄 120명의 군사들이 화살을 성벽 위로 쏘기 시작했다.

"아악!"

"기습이다!"

"비상! 비상!"

성벽 위에서는 화살에 맞은 병사들이 성벽 바깥으로 떨어지거나 비명을 지르며 쓰러졌고, 곧 이어 여기저기서 비상을 알리는 외침이 터져 나왔다.

성벽에 만들어진 침실에서 잠을 자던 룀은 허겁지겁 달려 나와 명령을 내렸다.

"횃불을 꺼라! 몸을 숨겨라!"

룀의 명령에 병사들은 급히 횃불을 끄고 성곽에 몸을 숨겼다. 성벽 위는 빠르게 어두워졌고, 룀과 병사들은 어둠에 눈을 적응시키며 가이만 군의 흔적을 찾았다.

"가자!"

"최대한 빨리 퇴각한다!"

약속한 10발씩의 화살을 모두 소모한 보리스와 궁수들은 재빨리 마차를 돌렸고, 룀과 볼로뉴의 병사들이 알아차렸을 때는 이미 저 멀리 사라지고 난 뒤였다.

그 뒤로도 가이만의 공세는 끈질기게 이어졌다.

낮에는 쇠뇌와 투석기들, 캐터펄트들이 성벽을 두들기며 가이만의 보병들이 접근했다.

그리고 밤에는 소수의 병사들이 끊임없이 기습을 계속했다. 주야로 이어지는 가이만의 공세에 볼로뉴의 병사들은 과도한 긴장으로 인해 속속들이 탈진했다.

"상황은 어떻소?"

국왕의 질문에 룀은 고개를 저었다.

"솔직히 너무 좋지 않습니다. 지나치게 병력의 손실이 큽니다. 죽거나 다친 병사들의 수는 이미 5000명을 넘었고, 주야로 계속된 가이만의 비겁한 술수에 정신을 놓아버린 병사들의 수만 벌써 100명을 넘어섰습니다."

"물자의 소모도 큽니다. 특히 화살의 소모가 엄청납니다. 쥐새끼 같은 가이만 놈들의 간교한 술책에 화살만 동나고 있습니다."

"백성들의 움직임은 어떻소?"

"현재까지 표면적으로는 이상이 없습니다. 몇몇 불순분자들이 북쪽성문을 통해 몰래 탈출을 시도하는 걸 잡아 처형했습니다."

"얼마나 되오?"

국왕의 물음에 치안을 담당한 신하는 잠시 머뭇거리다 대답했다.

"현재까지 53명입니다."

신하의 말에 국왕은 말없이 고개를 숙였다.

"겨우 닷새가 지났을 뿐인데……."

중얼거리던 국왕은 손을 들었다.

"쉬고 싶소. 가서 일들 보시오."

국왕의 말에 신하들은 조용히 자리에서 일어나 예를 취하고 자리에서 물러났다.

볼로뉴의 왕궁에서 회의가 벌어지고 있는 그 순간에 만토이펠의 텐트에서도 회의가 열리고 있었다. 하지만 볼로뉴와 달리 매우 밝은 분위기였다.

"병사들의 사기는 어떻소?"

"아주 좋습니다."

"보급은?"

"뉴포츠 함락 이후 확실하게 진행되고 있습니다. 본국뿐만 아니라 볼로뉴의 병탄지역에서 걷은 물자들도 풍부합니다."

"식량과 필요한 자재 외에는 본국에 이상없이 보내고 있겠지?"

"물론입니다. 이미 정부의 감찰관들이 파견되어 활동 중입니다."

“병탄지역의 민심은?”

“군율의 엄격한 집행과 감찰관들의 활동 덕분에 민심은 호의적입니다. 오히려 볼로뉴 귀족들보다 수탈이 적다며 환영하는 이들도 있습니다.”

정보장교의 보고에 회의실 안의 분위기는 더욱 밝아졌다. 만토이펠 역시 밝은 표정으로 회의를 이끌었다.

“볼로니아의 뒤쪽으로 돌아간 부대에서 연락은?”

“퇴로를 확실하게 막고 있다는 전갈입니다. 그동안 몇을 잡았지만, 아직 고위급의 귀족이나 왕족은 없었다는 보고입니다. 또한 그렇게 잡힌 이들을 심문한 결과 성내에서 탈출을 시도하려는 이들이 상당수 있고, 그런 자들을 색출하기 위한 활동도 상당하다는 보고입니다.”

정보장교의 보고에 만토이펠은 양손을 비비며 지휘관들을 바라봤다.

“자! 끝이 얼마 남지 않은 것 같소! 조금만 더 힘을 냅시다!”

“알겠습니다!”

“병사들의 관리에 만전을 기하시오. 한순간의 방심이 대사를 그르치는 법이오.”

“명심하겠습니다!”

“그럼 오늘 야간작전은 어떻게 할 것이오?”

만토이펠의 물음에 공병장교가 자리에서 일어났다.

“오늘은 좀 화려하게 할 생각입니다.”

*　　　*　　　*

"졸지 마라. 조금 있으면 손님 오실 시간이다."

볼로니아의 성벽 위에서 야간 순찰을 도는 기사가 병사들의 주의를 환기시켰다.

"네, 알겠습니다."

피곤한 얼굴로 창에 기대 선 병사들은 기사의 지적에 건성으로 대답하면서 어둠 저쪽의 가이만 진지를 바라봤다. 기사가 지나가자 병사는 옆에 선 병사에게 물었다.

"톰, 오늘 차례가 뭐지?"

"어디 보자? 첫째 날이 화살, 둘째 날이 잠입, 셋째 날이 다시 화살, 넷째 날이 다시 잠입……. 오늘이 닷새째니까 화살이겠군."

톰이라는 병사의 대답에 질문을 한 병사는 성곽의 어둠속으로 슬슬 몸을 숨겼다.

"그럼 슬슬 숨어야겠군. 칼, 횃불 끌 준비해."

"알았어, 제리."

톰, 역시 횃불 바로 옆에 위치한 성곽에 몸을 숨겼다. 성벽에 올라 경계를 서는 다른 병사들도 톰과 제리처럼 성곽 뒤쪽으로 몸을 숨기고 있었다.

쉬이익!

가늘게 무엇인가 날아오는 소리에 제리는 톰을 쳐다봤다.

"역시 화살이로군."

하지만 톰은 고개를 갸웃했다.

"소리가 좀 큰데?"

"응?"

톰의 말에 제리가 비행음에 귀를 기울이는 순간, 커다란 돌덩이가 성벽을 강타했다.

쾅! 콰쾅!

"아악!"

돌과 파편에 맞은 병사들의 비명이 하늘을 울리는 가운데 다른 병사들의 외침이 울렸다.

"투석공격이다!"

"적습이다!"

쾅! 콰쾅!

"아악!"

"성곽에서 떨어져라!"

병사들이 우왕좌왕하는 혼란 속에 커다란 불덩이들이 유성처럼 하늘에서 떨어졌다.

쨍그랑! 화르륵!

"불이다! 불이야!"

"모래를 가져와라!"

"아악!"

돌덩이들에 이어 날아온 기름동이들이 깨졌다. 성벽 여기저기서 햇불이 타오르면서 이리 뛰고, 저리 뛰는 볼로뉴 병사들의 모습이 환히 보이기 시작했다.

침소에서 뛰쳐나온 룀은 막사에서 뛰어나오는 병사들에게 고함쳤다.

"적습이다! 성벽에 올라라!"

룀은 체인메일과 투구만을 걸치고는 검을 들고 성벽을 달려 올라갔다. 그의 뒤를 따라 막사에서 튀어나온 장교들이 서둘러 병사들에게 지시했다.

"기름을 끓여라!"

"물을 끓여라!"

"동남쪽 성벽이 약하다! 지원을!"

"적의 공격이 임박했다! 빨리 움직여!"

여기저기서 고함소리가 터져 나오면서 성벽에 오른 병사들은 활과 창들을 굳게 움켜쥐고 가이만의 진지를 노려봤다.

볼로니아의 밤을 뒤흔든 가이만 군의 공격은 삼십 분 정도의 시간이 지나자 뚝 끊겼다.

"끝난 것일까?"

"설마? 잠을 깨운 것치고는 너무 거창하잖아."

가이만 군의 공격에서 운 좋게 살아남은 톰과 제리는 창을 꼬나들고 대화를 나누었다.

"하지만 아무도 안 오잖아."

"약은 놈들이잖아. 우리가 자러 내려가는 순간 들이칠지도 모르지."

"그럴까?"

톰과 제리 같은 말단 병사들이 불안에 떨며 긴장을 늦추지 못하는 것처럼, 룀을 비롯한 기사들과 장교들 역시 가이만 군의 의도를 몰라 전전긍긍하고 있었다.

"도대체 놈들의 의도가 뭐냐?"

"단순한 야간공격이었을까요?"

"그것치고는 너무 대규모야."

"적들의 보병은 왜 안 오는 거냐?"

"우선 최소한의 병사만을 남기고 다시 내려 보낼까요?"

"그러다 적이 치면?"

"병사들이 너무 지쳤습니다."

답이 안 나오는 대화가 끝없이 이어지면서 시간은 흘러가고 있었고, 어느새 해가 떠오르고 있었다. 룀을 시작으로 모든 병사들이 떠오르는 해를 보면서 한탄을 했다.

"결국 오지 않았다."

성곽에 기대 쭈그리고 앉은 톰과 제리는 하품을 하면서 대화를 나누었다.

"그냥 내려갈까?"

"조금 있으면 가이만 군이 쳐들어올 걸?"

톰의 말에 제리는 투구를 벗고 머리를 헝클이며 대답했다.

"아~.몰라! 몰라! 졸려 죽겠어! 어차피 죽을 거면 자다가 죽을 거야!"

쉬이익!

"돌 날아온다!"

묵직한 파공음과 다른 병사들의 외침에 제리는 성곽 위로 뛰어올라 크게 외쳤다.

"야! 이 망할 잡놈들아! 잠 좀 자자!"

그렇게 또 한 번의 주간 전투가 끝나자, 방어를 하는 볼로뉴의 병사들은 자포자기의 심정이 되었다. 병사들과 마찬가지로 밤낮없이 가이만 군의 공세에 시달린 볼로니아의 백성들 역시 마찬가지로 자포자기의 심정이 되어버렸다.

"이곳은 출입금지다! 물러나라!"

가이만 군과 접한 남쪽과 반대쪽인 북쪽 성문을 경비하던 병사들은 무리지어 접근하는 사람들을 보고는 창을 앞으로 내밀며 고함쳤다.

병사들의 고함에 근처 초소에서 쉬고 있던 기사들과 병사들이 밖으로 뛰쳐나왔다. 초소에서 나온 기사는 성문을 향해 몰려든 수많은 사람들을 보고는 검을 움켜잡으며 소리쳤다.

"무슨 일이냐!"

기사의 외침과 함께 몰려든 사람들을 본 성벽 위의 병사들과 기사들이 달려 내려오는 가운데, 몰려든 사람들 속에서 외침이 터져 나왔다.

"우리를 내보내 주시오!"

"내보내 주시오!"

"출입금지란 왕명을 못 들었단 말이냐!"

"우리는 살고 싶소!"

"왜 우리까지 죽어야 하오!"

"살고 싶소!"

"내보내 주시오!"

사람들의 외침에 북쪽 성문의 방어를 맡은 기사 키치너가 앞에 나섰다.

"출입금지란 왕명 못 들었나! 왕명을 거역하면 참수형이란 사실을 잊었느냐! 물러서라! 집에 돌아가!"

"우리 집은 이미 불에 타버렸소!"

"우우!"

함성과 야유 속에 사람들은 다시 성문으로 다가왔고, 그 수는 점점 늘어가고 있었다. 그런 사람들의 행동을 본 키치너가 고함 소릴 외쳤다.

"궁수!"

키치너의 명령에 성벽 위에 서 있던 궁수들이 일제히 활을 들어 사람들을 겨누었다. 그런 병사들의 하는 양을 보던 사람들 역시 굵직한 몽둥이를 손에 들고 병사들을 노려봤다.

잠시 동안의 대치는 곧 몇몇 건장한 남자들이 달려 나오면서 깨졌다.

"에라! 이판사판이다! 여러분 성문을 엽시다!"

"우와!"

"쏴라!"

사람들이 함성과 함께 몰려들자 키치너는 즉시 명령을 내렸고 성벽 위의 궁수들은 일제히 화살을 날렸다.

"아악!"

"죽여라!"

"성문을 열어라!"

화살에 쓰러진 사람들을 타 넘으며 백성들은 병사들에게 달려들었고, 성문을 막으려는 병사들과 성문을 열려는 백성들 사이에서 대형 유혈사태가 벌어졌다.

북쪽 성문에서의 유혈사태가 벌어진 날 저녁, 국왕은 룀을 불렀다. 무릎을 꿇고 앉아 고개조차 들지 못하는 룀을 보며 국왕은 부드러운 목소리로 물었다.

"그래 피해는 얼마나 났소?"

"병사들의 피해는……. 기사들을 포함해 사망이 105명, 부상이 357명입니다."

"백성들의 피해는?"

"사망이 약 500명, 부상은 100명입니다. 잡힌 부상자들은 거동을 못하는 중상자들인 반면, 경상자들은 다른 이들과 함께 도주를 했습니다. 현재 병력을 차출해 왕도를 수색하고 있습니다만…… 병력이 부족해 결과가 미흡합니다.”

“그런가?”

짧은 국왕의 말에 룀의 고개는 점점 아래로 꺾였다.

“송구하옵니다!”

“아닐세, 아니야.”

국왕은 힘없이 손을 저었다.

“솔직히 묻겠네만……. 더 이상은 힘들겠지?”

“송구하옵니다.”

“자네가 미안해할 필요는 없어. 단지 묻고 싶은 것뿐이야.”

국왕의 말에도 불구하고 룀은 아무 대답도 못하고 고개를 숙이고 있었다. 그런 룀과 다른 신하들을 본 국왕은 손을 저었다.

“그만 나가보게.”

신하들이 모두 빠져나가고 텅 빈 회의실에서 국왕은 한참 동안 홀로 앉아 있었다. 왕좌에 몸을 묻고 잠시 생각을 하던 국왕은 한숨을 길게 쉬고는 자리에서 일어났다.

“그래……. 어차피 결과는 정해져 있었지……. 괜한 늙은 이의 고집에 애꿎은 이들만 피를 본 것이었어. 허허허!”

공허한 웃음만을 남기며 회의실을 나선 국왕은 침소로 돌아갔다.

침소에서 국왕은 서재 한쪽을 뒤져 작은 물병을 꺼내고는 근위기사를 불렀다.

"이것을 로빈슨에게 건네라. 만약 먹지 않으면 강제로라도 먹이도록."

"전하!"

근위기사가 기겁을 하면서 국왕을 쳐다봤지만 국왕의 표정은 단호했다.

"망국의 순간에도 신상필벌은 단호해야 한다. 아집으로 인해 일을 그르쳤으니 그 책임을 물어야지."

"전하! 크흑!"

"그나마 손자는 없고 손녀만 있어서 다행일세. 쓸데없는 피를 흘릴 일이 줄지 않았나? 어서 내 명령을 따르게!"

"크흑!"

근위기사는 눈물을 흘리며 국왕의 침소를 나섰다. 시종들까지 다 내보내고 침소에 홀로 앉은 국왕은 공허한 눈으로 창밖에 떠오른 달을 쳐다봤다.

"그래……. 이제 끝을 내는 게야…… 지그문트 국왕. 당신을 위해 과인이 해 줄 수 있는 선물은 이게 다구려. 볼로뉴의 사직은 이제 나로 끝이요."

*　　　*　　　*

다음날 아침, 가이만 군이 다시 전투를 하기 위해 몸을 추스르는 순간 볼로니아의 성문이 열렸다.

"응?"

"성문이 열리고 있다!"

성문이 열린다는 소리에 병사들은 진군을 멈추고 볼로니아를 바라봤다. 확실히 지금까지 굳게 닫혀 있던 성문이 천천히 열리고 있었다.

"무슨 일이지?"

"글쎄……."

천천히 열리는 성문을 보면서 수군거리는 병사들의 귀로 보리스의 고함 소리가 들려왔다.

"뭣들 하는 거냐! 저 열린 성문으로 기병대라도 몰려나오면 어떻게 할 거냐! 빨리 움직이지 못해!"

"히익!"

"방패! 방패!"

"궁수들 위치로!"

"뛰어! 뛰어!"

"쯧!"

이리저리 부산스럽게 움직이는 병사들을 보며 혀를 찬 보리스는 전령을 불렀다.

"사령관 각하께 알려라! 볼로니아의 성문이 열렸다고!"

"네! 알겠습니다!"

한편, 반쯤 무서진 성문 위 장대에서 가이만 군의 움직임을 보던 볼로뉴의 국왕은 한숨을 쉬었다.

"어느새 방어준비를 마치는군. 과연 정예들이로구나. 저런 정병을 만들어 낸 가이만이 부럽군."

"사자들이 출발했습니다."

"이만 왕궁으로 갑시다."

옆에 서 있던 룀이 사자의 출발을 알리자, 국왕은 천천히 몸을 돌렸다. 여기저기 부서져 내린 성벽과 시가지의 모습을 본 국왕은 길게 한숨을 내쉬고 성벽의 계단을 디뎠다.

볼로뉴 왕국의 사자를 접견한 만토이펠은 사자를 돌려보내고 지휘관들을 소집했다. 지휘관들이 전부 착석하자 만토이펠의 얼굴에 화색이 돌았다.

"볼로뉴의 국왕이 사자를 보냈다. 무조건 항복한다더군."

"와아!"

만토이펠의 발언에 지휘관들은 모두 자리에서 일어나 함성을 외쳤다. 지휘관들은 서로의 어깨를 두드리고 악수를 하면서 승리의 기쁨을 만끽했다.

잠시 동안의 소란이 가라앉자 만토이펠은 본론을 꺼냈다.

"두 시간 후, 우리는 볼로니아로 입성한다. 볼로니아의 후방에 위치한 부대에 연락을 보내 경계를 강화하도록 전하라. 틈을 노려 도망갈 쥐새끼들이 있을지 모른다."

"알겠습니다!"

"그럼, 성으로 들어갈 진입 순서를 정하지."

"저희 부대가 선봉에 서겠습니다!"

"아니, 저의 부대가!"

모인 지휘관들은 서로 손을 들며 선봉을 자처했다.

"조용!"

정숙을 명한 만토이펠은 지휘관들을 노려보았다.

"무조건 항복이라고 했지만, 저놈들의 무장을 해제하고 항복문서에 도장을 찍기 전까지 전쟁은 끝난 것이 아니다. 함정에 빠질 경우도 예상해야만 한다."

"함정이라시면……."

만토이펠의 말에 지휘관들은 빠르게 냉정을 찾아갔다. 그런 지휘관들을 흐뭇한 표정으로 보던 만토이펠이 자신의 생각을 이야기했다.

"우선 방어력이 좋은 중장보병, 특히 브레이커스를 선두로 입성한다. 그다음에는 기병대의 1/3을, 그다음에는 속도가 느린 경장보병들이 입성한다. 궁병대와 공병대, 그리고 나머지 기병들은 만약의 사태를 대비해 외부에서 성벽을 감시한다. 질문있나?"

"없습니다!"

"그럼, 가서 병사들을 준비시키도록. 퍼레이드가 아니니 긴장을 풀지 말라고 전해. 퍼레이드는 나중에 모국의 수도,

빌리스에서 질리게 할 것이다. 알겠나?”

“알겠습니다!”

신병마냥 기운차게 대답한 지휘관들은 군례를 올리고는 밖으로 달려 나갔다. 곧 이어 소식을 들었는지 진지 여기저기에서 병사들의 함성이 터져 나왔다.

“우와아!”

가이만 군의 볼로니아 입성은 무탈하게 이루어졌다. 항복 소식을 들은 볼로뉴의 병사들은 자신들의 무장을 한곳에 모아놓고 가이만 군의 지시에 따라 움직였다.

만토이펠의 명령을 들은 가이만의 장교들과 병사들은 항복한 볼로뉴 병사들과 볼로니아의 주민들을 함부로 다루지 않았기에 우려했던 불상사는 일어나지 않았다.

밖에서 볼로뉴 군의 무장해제가 이뤄지는 동안, 만토이펠과 지휘관들은 호위병들과 함께 왕궁으로 들어섰다.

왕궁에 들어선 가이만 군의 지휘부를 맞이한 볼로뉴의 근위기사들은 정중하게 군례를 올렸다.

가이만식 군례로 만토이펠을 답례하자, 근위기사단장인 룀이 먼저 입을 열었다.

“볼로뉴 왕국 근위기사단장 룀이라고 하오. 전하께서 기다리십니다.”

“안내하시오.”

룀의 안내를 받으며 들어간 어전회의실에는 볼로뉴의 국왕을 비롯한 대소 신료들이 자리하고 있었다. 볼로뉴의 국왕 앞에 선 만토이펠과 지휘관들은 정중하게 군례를 올렸고, 볼로뉴의 국왕은 볼로뉴식 군례로 답했다.

지정된 자리에 가이만 군의 지휘부가 자리에 앉자, 항복과 관련된 이야기가 이어지기 시작했다.

"항복 이후, 우리 왕국의 왕족들과 귀족들은 어떻게 되는가?"

"일단, 귀족들의 모든 영지는 몰수되며 왕족 여러분들 역시 마찬가지입니다. 물론, 동산의 소유는 인정됩니다."

"이곳에서 살 수 있는가?"

"아닙니다. 가이만으로 이주하셔야 합니다. 왕족의 경우, 왕도 빌리스에 거주하셔야 하며, 다른 귀족들은 다른 도시에 거주하실 수 있으십니다. 이전에 전해드린 문서에 적힌 내용 그대로입니다."

"일신상의 안전은 보장되는 것인가?"

"가이만의 군주이신 지그문트 전하의 명예를 걸고 여러분들의 안전은 보장될 것입니다."

"귀족이 아닌 관리들은 어떻게 되나?"

"우선은 고문역으로만 남게 되실 것입니다. 추후 기회가 된다면 다시 관료가 되실 기회는 보장해 줄 것입니다. 이것

역시······."

"전에 받은 문서에 적혀 있었지. 하지만 말일세. 피지배민으로서 모든 일은 작은 것 하나라도 다시 한 번 확인해야 할 일일세."

"가이만은 제국으로 뻗어나갈 나라입니다. 기존의 국적이 어떠했든지 간에 모든 백성들은 가이만 제국의 국민이 될 것입니다. 능력이 된다면 가이만 제국의 중추가 될 가능성은 얼마든지 있습니다."

"그런가?"

"그렇습니다."

짧은 문답이 끝나고 양측은 항복문서를 작성했다. 항복문서의 작성이 끝나고 서명까지 마친 볼로뉴의 국왕은 품에서 옥새를 꺼내 자신의 서명 옆에 도장을 찍었다.

"이제 끝이로군. 이 처절한 전투도, 이 나라도······."

"볼로뉴의 역사는 끝이지만, 새로운 역사는 이제부터 시작입니다."

"그런가?"

짧게 중얼거린 국왕은 큰 짐을 덜었다는 표정을 지으며 자리에서 일어났다.

"이제 좀 쉬고 싶군. 언제 출발하면 되나?"

"빠른 시일 내에 빌리스로 모시겠습니다. 현명한 결단 감사드립니다."

“현명이라……”

만토이펠의 말을 작게 읊조린 볼로뉴의 국왕은 피식 웃으며 밖으로 나갔다. 단 몇 시간의 회의를 끝으로 볼로뉴 왕국은 대륙에서 사라지게 되었다.

볼로뉴 왕국의 병탄은 가이만을 뒤흔들었다. 사람들은 광장으로 몰려 나와 만세를 불렀고, 여기저기서 축제가 벌어졌다.

백성들이 며칠에 걸쳐 축제를 벌이는 동안, 지그문트 국왕을 위시로 한 가이만의 행정부는 발 빠르게 움직였다.

우선 미리 뽑아두었던 감찰관들과 행정관들, 치안부대들을 볼로뉴로 급파했고 모르드에 대한 경계를 강화했다.

한편, 만토이펠 휘하의 볼로뉴 침공군은 볼로뉴의 치안을 안정시키면서 볼로뉴의 모든 것을 하나하나 가이만의 것으로 만들어 나갔다.

“부르셨습니까?”

왕도 볼로니아의 치안을 담당하던 보리스는 만토이펠의 호출에 급히 볼로뉴의 왕궁으로 들어섰다.

이제는 가이만 왕국의 볼로뉴 침공군 사령부로 사용되는 중궁 어전회의실에는 만토이펠이 먼저 와 보리스를 기다리고 있었다. 군례를 올린 보리스의 물음에 만토이펠이 손짓으로 의자를 권했다.

“우선은 앉지.”

보리스가 자리에 앉자 만토이펠이 서류를 보리스에게 내밀었다.

"볼로뉴의 국왕과 일가를 빌리스로 호송하라는 명령일세. 그 호위를 자네와 브레이커스에게 맡기려 하네."

"알겠습니다. 출발은 언제입니까?"

"브레이커스와 교대를 할 병력이 도착해야하니까. 일주일 후."

만토이펠의 설명을 들은 보리스는 서류를 펼쳐 안에 적힌 명령을 읽었다.

"빌리스에서 무슨 일로 브레이커스를 지목한 것입니까?"

명령서에 자신의 이름과 브레이커스가 이미 지정하여 적혀 있는 것을 본 보리스가 묻자, 만토이펠은 오히려 반문을 했다.

"자네, 빌리스의 동료에게 부탁한 것이 있었나?"

만토이펠의 물음에 보리스는 잠시 기억을 반추하고는 고개를 끄덕였다.

"네. 뉴포츠를 떠나기 직전에 서한을 보냈습니다."

보리스의 대답을 들은 만토이펠이 보리스에게 또 다른 명령서를 내밀었다.

"그 서한의 답장인가보군."

2장
모르드 함락 계획

Hunter
Age

모르드 함락 계획

보리스가 정보길드의 남자를 통해 편지를 보낸 지 이틀 후 저녁, 집으로 돌아온 미하일은 수첩을 보면서 머리를 긁적거렸다.

"무슨 일이야?"

"보리스가 부탁한 일 때문에 그래."

미하일의 대답을 들은 큰 마리와 야곱이 자리에 앉자 미하일은 보리스가 부탁한 내용을 공개했다.

"볼로뉴 공략이 확실히 쉽지는 않은 모양이야."

"나도 소식은 들었네."

"나 역시."

“저도 들었습니다만, 일선의 상황은 좀 더 심각한 것 같습니다.”

“그래서 보리스가 부탁한 것이 무엇인가?”

“모르드를 흔들어 달랍니다.”

“모르드를? 어떻게?”

야곱의 물음에 미하일은 수첩에 적힌 내용을 다시 읽고는 잠시 생각을 하다가 큰 마리에게 물었다.

“혹시 마법 가운데 상대방에게 자신의 존재를 위압적으로 각인시키는 것이 있어?”

“응? 글쎄…….”

마리는 자신의 기억을 한참 동안이나 더듬다가 고개를 끄덕였다.

“가능해. 그게 왜?”

“보리스가 보낸 글 중에 ‘그때 내가 부쉈던 거 생각나? 그것을 이용해 무언가 방법이 생기지 않을까?’ 라는 부분이 있거든. 이게 무슨 소리냐 하면…….”

미하일은 모르드에서 자신과 보리스가 국왕을 상대했던 이야기를 큰 마리와 야곱에게 설명했다.

미하일의 설명을 들은 큰 마리는 깍지 낀 손에 턱을 괴고는 다시금 기억을 더듬었다.

“잠시만…….”

자리에서 일어난 큰 마리는 자신의 방으로 올라가 커다란 책 몇 권을 들고 내려왔다.

가져온 책들을 테이블 위에다 펼친 큰 마리는 책들의 페이지를 이리저리 넘기며 무엇인가를 찾더니 곧 결론을 내렸다.

"그 왕비라는 여자. 천재로군."

"어려운 거야?"

"몇 가지 마법을 복합적으로 쓴 것 같아. 그리고 아마 마법진 외에도 따로 장식 같은 것으로 위장한 아티팩트도 가지고 있을 거야. 안 그러면 네가 말한 그런 상황은 일어나지 않아."

"그럼 그 왕비가 모르드의 국권을 휘어잡은 것도 그 덕분이란 거야?"

"상당한 영향력을 발휘했겠지만 전적으로 마법진과 아티팩트가 만들어낸 결과물은 아니야. 위압감이나 존재감이란 것은 사용자 자신이 어느 정도 갖추지 않고는 아무리 도구를 써도 효과가 제대로 나오지 않아."

미하일과 야곱은 큰 마리의 설명에 귀를 기울였다. 다시금 책들을 뒤적거리며 큰 마리가 설명을 했다.

"언제 어디서든 복종을 한 국왕과 달리 왕비가 정권을 잡고 나서는 조금씩 분열이 생긴다고 했지?"

"응."

"그것은 왕비의 자질이 국왕보다 좀 떨어져서 생기는 것이겠지. 왕비 앞에만 서면 벌벌 떨다가도 돌아서면 딴 생각이

들고, 그런 결과가 분열일 거야."

"그럼, 그 마법진을 부수면 되는 거야?"

"그게 쉽지가 않아. 아마도 왕비는 쉽게 손을 댈 수 없는 곳에 그 아티팩트를 달았을 거야."

"그럼?"

큰 마리는 짧게 결론을 내렸다.

"파괴는 힘들지만, 압력을 약화시킬 수는 있어."

"그런 아티팩트 만들 수 있어?"

"만들 수 있어."

큰 마리의 대답에 미하일은 수첩을 펼쳐 들었다.

"길드에 부탁을 좀 해야겠군. 지금 모르드의 분열을 일으킨 주요 세력이 누구인지 알아내야 할 것 같아."

"그쪽에 아티팩트를 넘기게?"

"응."

"알았어. 그럼 난 약화를 시킬 마법을 연구해 보지. 시간은 얼마나 줄 수 있어?"

큰 마리의 질문에 미하일은 손가락을 꼽으며 계산했다.

"오늘쯤이면 뉴포츠에서 볼로니아를 향해 출발을 했겠지. 앞으로 열흘 정도면 볼로니아에 도착할 것이고……. 흐음…… 아마도 한 달 정도는 줄 수 있을 것 같아."

"좀 짧은데?"

"그렇다고 볼로니아로 진공한 침공군이 옴팡지게 패하고

장기전을 벌이라고 빌 수는 없잖아.”

미하일의 핀잔에 큰 마리는 머쓱한 표정을 지으며 머리를 긁적였다.

“알았어. 뭐, 밤 좀 새보지.”

“아, 부탁해.”

큰 마리가 책들을 도로 품에 안고 방으로 올라가자 미하일은 소파에 등을 기대며 손을 위로 흔들었다.

보리스의 부탁 편지가 온 이후, 일행들 가운데 가장 바쁜 이는 큰 마리가 되었다. 거의 일주일 만에 집으로 돌아온 큰 마리를 본 미하일은 당장 제니를 불렀다.

“제니야!”

“예?”

“당장 마리 언니 목욕 도와줘라!”

“네? 식사는?”

제니의 물음에 미하일은 엉망진창으로 헝클어진 큰 마리를 손으로 가리켰다. 큰 마리의 모습을 본 제니는 당장 팔소매를 걷어붙였다.

“미하일 오라버니, 부엌에 물 데워놓은 것 있어요. 욕탕 좀 채워주세요.”

“알았다.”

“마리 언니는 그 자리에 가만 서 계세요! 곧장 빨래 바구니 가져올 테니까!"

"알았어."

제니와 미하일이 욕실과 주방, 큰 마리의 방으로 분주하게 움직이는 동안 거실에는 야곱과 큰 마리만이 남았다.

"어쩌다 이렇게 되었냐? 겨우 1주일인데 말이야?"

야곱의 물음에 큰 마리는 습관적으로 머리를 긁적였다.

"실험을 하다보니 말입니다."

"실험? 내가 알기로 정신계 마법에 대한 대응장치 아니었나?"

"동일한 정신계 마법 대응과 물리적 마법대응장치 가운데 어느 쪽이 더 효율적인지 실험을 하다가……."

"그래서 결과가 나왔나?"

"아직입니다. 뭐, 동료들도 돕기로 했으니 곧 좋은 결과가 있을 것입니다."

"마리 언니! 욕실로 오세요!"

"알았다."

욕실로 걸음을 옮기던 큰 마리는 걸음을 멈추고는 주머니를 뒤져 무엇인가를 한 주먹 꺼내 야곱에게 내밀었다.

"뭐냐?"

"집에 오는 길에 사람들이 주더군요."

짜라락!

큰 마리의 대답과 함께 야곱의 손에는 은화와 동화들이 소리를 내며 떨어졌다.

큰 마리와 동료들은 꾀를 부리지 않고 열성적으로 실험과 연구에 매달렸지만, 만족할만한 결과를 얻지 못하고 계속해서 시간만 보내고 있었다.

실험 시작 후 20일 째. 오랜만에 큰 마리가 학회에서 돌아와 일행들과 함께 식사하는 자리에서 야곱이 군부에서 얻은 정보를 가져왔다.

"내일 정식으로 발표하겠지만, 볼로니아 평원에서 벌어진 전투의 최종 결과가 도착했다."

"이겼습니까?"

"대승이다."

"이야!"

야곱의 말에 큰 마리와 미하일은 함성을 질렀다.

"축하주를 가져오겠습니다! 준비해 놓은 것이 있지요!"

미하일은 급히 술잔과 술병을 들고 테이블로 돌아와 술을 따랐다. 제니에게도 작은 잔으로 축하주를 따른 미하일이 술잔을 높이 들었다.

"승리를 위하여!"

"위하여!"

일행들은 크게 화답하고는 잔을 비웠다. 빈 술잔에 술을 채우며 미하일은 야곱에게 물었다.

"보리스는 어떻답니까?"

"이번에도 보리스가 큰 공을 세웠더군. 볼로뉴의 제2왕자 해리슨의 목을 베었어."

"역시!"

미하일은 주먹을 움켜쥐며 자신의 일인마냥 좋아했다. 야곱 역시 빙긋 웃으며 말을 이었다.

"침공군의 손실도 사망자 포함 1500명이라더군. 볼로뉴군은 상호간의 호흡이 맞지 않아서 쉽게 무너진 모양이야. 거기에 제1왕자 로빈슨이, 총사령관의 명을 거부하고 무단 퇴각하는 바람에 거저 얻은 승리에 가깝다더군."

야곱의 설명을 듣고 있던 큰 마리가 끼어들었다.

"그럼 보리스는 곧 돌아오겠군요?"

"그건 아니지. 아직 왕도 볼로니아가 남아 있으니까. 군부의 예상도 왕도 볼로니아 공략전이 가장 힘든 전투가 될 것으로 보고 있어. 아무래도 공성전이니까."

"그럼 추가 파병이 있습니까?"

"침공군 총사령부에서는 감찰대만을 보내달라고 그러더군."

야곱의 설명에 이어 미하일이 부연설명을 했다.

"아마 침공군의 현재 병력만으로도 가능할 것입니다. 볼로니아 평야의 대회전에 볼로뉴 군의 전부가 출전한 상황이니, 볼로니아를 지키는 병력은 얼마 되지 않을 것입니다."

"만토이펠 사령관도 그런 생각인지 감찰대만을 요청했더군. 볼로니아 평원에 동원된 병력 가운데 3만을 볼로니아 공략에 투입하고 나머지는 볼로뉴 병탄작업에 들어간다는 전언이야. 아마 모레쯤에 감찰대와 행정관들이 볼로뉴로 출발할 거야."

"그렇군요……."

큰 마리가 고개를 끄덕이자, 야곱이 큰 마리에게 물었다.

"그런데 보리스가 부탁한 것은 어떻게 되어 가고 있어?"

"글쎄요……. 1차적으로 어느 정도의 성과를 거두었지만, 소형화의 문제와 아티팩트란 것을 들키지 않는 방법을 찾기가 힘듭니다."

큰 마리의 푸념에 미하일이 큰 마리의 기운을 북돋웠다.

"모르드도 해냈으니까, 금방 해결 방안들을 찾을 수 있을 거야."

"그게 좀 달라. 모르드는 왕비의 가장 큰 지지 세력이 마법사들이야. 물론 왕비와 중앙의 학회를 싫어하는 귀족들은 학회출신의 마법사를 영입하지 않고 있지만, 많은 귀족들이 학회 출신의 마법사들을 자신들의 영지에 영입하고 있지. 중앙 출신 마법사들은 설령 조각상 크기의 마법진이 설치되어 있어도 그것이 댁들의 정신을 옭아매는 마법진입니다라는 말은 안하겠지."

"그런가?"

미하일이 턱을 쓰다듬으며 중얼거리자, 큰 마리는 자신의 이마를 탁 치고는 미하일에게 물었다.

"맞아! 모르드 마법학회의 회장은 지금 거의 공석이지! 현재 모르드 마법학회의 회장이 누구인지 알아?"

큰 마리의 물음에 미하일은 자신의 방에서 수첩을 들고 내려왔다.

"어디보자……. 군터 라스푸틴. 수계 마법사. 7서클 상급 유저. 10년 전부터 치매 증상을 보이고 있어 치료 중……. 현재는 모르드의 루나 왕비가 회장 대행 업무 수행. 도대체 이 여자 몸이 몇 개야?"

"루나 왕비의 서클은?"

"6서클 마스터. 30대 초반으로 알고 있는데 괴물이군."

"그럼…… 기준을 좀 낮춰도 될 것 같기도 하고……."

"응?"

큰 마리의 중얼거림에 야곱과 미하일은 귀를 쫑긋 세웠다. 둘의 모습을 본 큰 마리가 이유를 설명했다.

"아, 그런 아티팩트라면 모르드의 학회장이 관여했을 것이라고 보고 기준을 잡았었거든. 아무리 전공이 수계 마법이라해도 서클이 서클이니만큼 정신계 마법의 실력도 좋을 테고 거기에 맞춰서 대응 마법도 강화했고 말이야."

"그런가……."

큰 마리의 설명에 미하일은 고개를 끄덕거린 반면 야곱은 오히려 궁금하다는 표정으로 큰 마리에게 물었다.

"그런데 대응 마법을 실행하면 어느 정도 효과가 있나?"

"예상 기준치에 대한 실험수치입니다만, 적어도 무조건적인 굴종을 하게 만들지는 않을 것입니다."

"그런가?"

큰 마리의 설명을 들은 야곱은 턱수염을 쓰다듬으며 생각에 빠져들었다. 잠시 이런저런 궁리를 하던 야곱이 큰 마리에게 물었다.

"혹시 말일세."

"네?"

"혹시 말일세. 다른 사람 눈에는 안 보이고 착용자의 눈에만 또 다른 아티팩트가 있음을 알려주는 마법을 만들 수 있나?"

"흐음……."

야곱의 물음에 큰 마리는 작게 콧소리를 내고는 손가락으로 수식을 끄적이며 한참 동안 궁리를 하고는 고개를 끄덕였다.

"가능합니다. 파인드 마법의 수식을 약간 변환하면 될 것 같군요."

"그럼 그것과 관련된 아티팩트도 만들어주게."

"이유를 설명해 주시겠습니까?"

"단순히 왕비가 뿜어내는 위압감을 줄여주는 것만으로 왕비가 아티팩트를 사용했음을 증명하기는 쉽지 않지. 하지만 눈으로 보게 된다면 어떨까?"

"확실하게 믿겠지요."

야곱의 물음에 반사적으로 대답한 큰 마리는 곧 고개를 끄덕였다.

"알겠습니다. 영감님이 말씀하신 아티팩트도 만들어 내겠습니다."

"그리고 모르드의 반왕비파가 누구인지 알아냈어?"

"현재 조사 중이랍니다. 모르드 정보부의 감찰활동이 심해져서 활동의 어려움이 있다고 시간을 좀 더 달랍니다."

"빨리 알려달라고 그래."

정보길드에 대한 당부로 대화를 끝낸 일행은 그제야 다시 음식에 관심을 돌렸지만, 일행들의 저녁 식사는 차갑게 식어 있었다. 식은 음식을 먹으며 야곱이 투덜거렸다.

"옛말 하나도 틀린 것이 없구먼. 밥상에선 딴 짓을 하지 말라더니……."

*　　　*　　　*

야곱이 가이만의 총사령부에서, 미하일이 정보부와 정보길드에서 부지런히 볼로뉴 침공군의 상황과 국제정세를 모으는 동안, 큰 마리는 부지런히 야곱과 보리스가 부탁한 아티팩트의 제작에 매달렸다.

큰 마리가 야곱과 미하일에게 두 가지 아티팩트의 제작에 성공했음을 알리는 날, 볼로니아의 함락 소식이 빌리스에 도착했다.

지휘고하를 막론하고 빌리스에 사는 모든 이들이 거리로 나와 축제를 벌이자, 야곱들도 술집에서 작은 파티를 벌였다.

"드디어 한고비 넘었구먼."

"그렇습니다."

"보리스 녀석, 큰일을 했어."

"시간에 맞춰 실험을 성공한 큰 마리도 큰일을 했지요."

챙!

덕담이 오가며 일행들은 술잔을 부딪쳤다. 기분 좋게 술을 비우며 야곱이 미하일에게 물었다.

"길드에선 아직 아무 말 없어?"

"모레쯤이면 확실한 정보를 모아 줄 수 있다고 합니다."

"다행이군."

미하일의 말에 야곱은 고개를 끄덕이며 만족을 표시했다. 미하일은 잠시 주변을 살피고는 야곱에게 몸을 기울여 작게 속삭였다.

"하지만 길드에서는 보리스의 도움을 요청하고 있습니다."

"왜?"

"모르드에 있는 길드원들이 심한 압박을 받고 있다고 합니다. 정보 수집은 어찌할 수 있지만, 접촉까지는 힘이 든답니다."

"그때 그 친구들은? 모르드의 정보부원들을 쥐 잡듯 하던 친구들 말이야."

"그 친구들은 암살이 주특기라 접촉은 재주가 꽝입니다. 사회성이 안 좋은 친구들이라서 말입니다."

"쯧."

길드의 앓는 소리를 들은 야곱은 혀를 찼다.

"하지만 보리스는 이제 가이만의 군인이야. 그것도 대령 계급을 달고 있는……. 아! 돌아오면 장성이 되겠군. 그런 친구가 개인적으로 움직일 수는 없지 않겠나?"

"국왕에게 말을 해야겠지요."

"국왕에게?"

"어차피 가이만도 시간이 필요합니다. 소화도 되기 전에 움직이면 체하는 법이지요."

"그런가? 하지만 국왕에게 말을 하려면 지금 내 위치로는 쉽지가 않은데?"

"비공식적으로 하셔야겠지요."

"비공식적으로? 쩝."

미하일의 말에 야곱은 입맛을 다셨다.

"오랜만에 달밤에 담을 타게 생겼군."

이틀 뒤, 정보길드에서 모르드와 관련된 최종정보가 미하일을 통해 전달되었다. 미하일이 정리한 정보와 작전 계획서를 품에 넣은 야곱은 깊은 밤, 빌리스의 왕궁 담을 타 넘었다.

왕국에 설치된 각종 경보장치와 위병들의 눈을 피해 움직이며 야곱은 작은 목소리로 투덜거렸다.

"이 짓도 오랜만에 하려니 힘이 드는군."

입으로는 계속 투덜거리면서도 야곱은 계속해서 어둠에서 어둠으로 몸을 날렸고 이리 돌고, 저리 돌아 마침내 목적지에 도착했다.

딸깍!

"누구냐!"

여느 때처럼 시종들과 위병들을 내보내고 국왕과 술을 곁들인 대화를 나누던 말버러 후작은 잠가 두었던 창문이 열리고 검은 옷을 입은 사람이 들어서자, 지그문트 국왕을 몸으로 가리며 외쳤다.

말버러 후작이 큰 소리로 고함을 치자, 야곱은 급히 자신의 입에 손을 갖다 대며 작은 목소리로 자신을 밝혔다.

"쉿! 접니다."

"이 밤중에 무슨 일이오?"

"긴히 말씀드려야 할 일이 있습니다."

"긴히 할 말?"

지그문트 국왕이 야곱에게 물었을 때, 밖에 대기하고 있던 위병이 문을 두들겼다.

쿵쿵쿵!

"전하, 무슨 일입니까?"

"전하!"

쾅쾅쾅!

근위병들이 점점 세게 문을 두들기자, 지그문트는 야곱에게 눈짓으로 어두운 구석을 가리켰고 야곱이 구석으로 몸을 숨기자 말버러 후작이 자리에서 일어나 문을 활짝 열었다.

"별일 아니다. 잠시 내가 헛것을 봤다."

아무 이상 없이 술잔을 비우는 국왕의 모습을 본 위병들은 군례를 취하고는 복도로 물러났고, 말버러가 다시 문을 닫고 자리에 앉자 지그문트가 야곱을 불렀다.

"이쪽으로 오시오."

"죄송합니다, 전하."

"무슨 일인지 들어봅시다."

지그문트는 손짓으로 빈자리를 권했고, 야곱은 고개를 숙여 예를 취하고는 자리에 앉았다.

야곱에게 술잔을 건넨 지그문트가 다시 물었다.

"그래, 무슨 일로 이 밤에 이리도 몰래 나를 찾은 것이오?"

"허가해 주실 작전이 필요합니다."

"내 허가가?"

“그렇습니다.”

야곱은 품에서 미하일이 작성한 서류들과 큰 마리가 만든 아티팩트를 꺼내 지그문트와 말버러에게 설명을 했다. 한참 동안 이어진 야곱의 설명을 들은 지그문트가 의문을 표했다.

“그동안 마리 포나스키 마법사가 무엇인가 특이한 실험을 한다고 들었는데, 이것 때문인가 보구려. 그런데 말이오. 이런 작전이라면 공식적으로 상신해도 됐을 텐데?”

“이것은 작전이기보다 음모에 가깝습니다. 아는 사람이 적으면 적을수록 좋은 종류의 작전이란 것이지요. 미래를 생각한다면 이런 작전은 감춰지는 것이 좋습니다.”

야곱의 단호한 설명에 말버러는 고개를 끄덕였다. 팔짱을 낀 채 궁리를 하던 지그문트가 마침내 결정을 내렸다.

“좋소. 허가하오. 무엇이 필요하오?”

“보리스와 저, 그리고 제 동료들이 움직여야 합니다.. 그리고 금전적인 지원도 필요합니다.”

“그렇소? 흐음……”

다시금 이런저런 궁리를 하던 지그문트는 자리에서 일어나 책상으로 걸어갔다.

책상 위에 어지럽게 널린 서류들을 뒤적이던 지그문트는 원하는 서류를 찾자 다시 자리로 돌아왔다.

“마침 볼로뉴 침공군과 관련해 병력철수와 항복한 볼로뉴 왕국의 국왕 일가에 호송 문제에 관한 건의서가 올라왔더군.

예거 대령을 부르도록 합시다. 승리 퍼레이드를 하기에는 브레이커스가 가장 어울리니 가장 좋겠군.”

“감사합니다.”

“그럼 예거 대령이 돌아오는 대로 작전을 시행하는 것으로 합시다.”

“알겠습니다.”

국왕의 재가를 얻은 야곱은 자리에서 일어나 군례를 올렸다. 지그문트 국왕이 답례를 하자 야곱은 다시 창문으로 걸어갔다.

“또 그곳으로 나가는 것이오?”

“복도로 나갈 수는 없으니까요.”

짧게 대답한 야곱은 창문을 통해 사라졌고, 모르드를 뒤흔들게 될 거대한 음모가 결행되기 시작했다.

3장
음모의 역사

Hunter
Age

음모의 역사

가이만과 모르드의 국경으로 향하는 마차에서 보리스는 미하일이 건네준 서류들을 곰꼼히 읽어나갔다.

"그러니까, 우리가 접촉할 상대는 루비콘 후작이란 말이지?"

"맞아. 마하트와의 국경지대 방비를 맡은 이야."

"성격은 어때?"

"죽은 턱주가리와 비슷해. 하지만 상당한 군사적 재능까지 갖추었다는 점이 다른 점이지."

"루나 왕비에게는 고민거리겠군."

"그렇지. 눈앞에서는 굴복하지만, 영지로 돌아가면 반항적인 모습을 보이니까. 그렇다고 그를 중앙에 불러들이자니 국경 문제가 걸리고, 다른 이로 대체하자니 그만한 재능을 가진 이와 비슷한 레벨은 없으니까.”

“한마디로 ‘계륵’ 이란 소리인가?”

“정답.”

“그럼, 루비콘까지 가야하나?”

“아니. 이맘때면 소돔에서 휴가를 즐기지. 우리가 갈 곳은 소돔이야.”

“소돔이라…….”

미하일의 대답에 보리스는 서류에서 눈을 떼고 먼 하늘을 바라봤다. 그런 보리스의 모습을 본 큰 마리가 걱정스럽게 물었다

“괜찮아?”

“아, 괜찮아.”

큰 마리의 물음에 대답한 보리스는 평소의 표정으로 돌아와 서류들을 다시 읽기 시작했다.

가이만의 국경검문소를 통과한 마차는 평원 반대쪽에 자리 잡은 모르드 검문소에 도착했다.

“마하트인들이로군. 용병들인가?”

“그렇습니다. 헤헤헤.”

검문을 맡은 모르드 군 장교의 물음에 미하일이 빙글빙글

웃으며 대답했다.

"가이만에서는 무슨 일을 했지?"

"얼마 전에 큰 싸움이 있었지 않습니까?"

"아, 볼로뉴와의 전쟁 말하는 것인가?"

"네. 재미 좀 봤습죠."

"볼로뉴에서 마하트로 가는 길이 있을 텐데, 가이만에는 무슨 일이지?"

"재미 좀 봐야죠. 소돔에 갑니다. 헤헤헤."

미하일의 대답에 모르드 장교는 피식 웃고는 신분패를 돌려줬다.

"재미 보는 것이야 자유지만, 적당히 놀아. 모르드는 쪽박을 찬 용병들의 구걸은 용납하지 않으니까."

"알겠습니다요."

"통과!"

장교의 손짓에 길을 막은 가로대가 위로 올라가고 마차는 가이만으로 들어섰다. 마차 뒤에 앉아 휴식을 취하던 보리스는 멀리 보이는 요새를 보다가 미하일에게 물었다.

"나르빅은 어느 쪽이야? 왕비야, 루비콘이야?"

"표면적으로는 중립인데 심정적으로는 루비콘에게 기우는 것 같아. 왕비 쪽의 지원이 좀 약하다는 소문."

"나르빅이 그렇게 가치가 없지는 않을 텐데?"

"나르빅은 가이만이라는 존재 때문에 저 성처럼 움직일 수

가 없잖아. 그런 상황에 루비콘을 상대하기도 버거운 왕비가
쓸데없는 출혈은 안 하는 것이지.”

“실수했군.”

“어쩔 수 없는 상황이겠지. 국왕 사후, 확실하게 틀어쥐었
다고 생각한 귀족들이 삐걱거리기 시작한 이상 언제까지나
나르빅만 보고 살 수는 없으니까.”

“흐음……..”

그렇게 문답을 나누는 가운데 마차는 소돔을 향하여 관도
위를 움직였다.

쨍그랑!

“중앙에서 온 지원은 이것뿐인가!”

모르덴그라드에서 보낸 지원 목록을 본 나르빅은 술잔을
집어던지며 분통을 터뜨렸다.

“반대편에 있는 가이만 군의 병력이 증가했다는 보고를 안
한 것인가?”

나르빅의 추궁에 수도로 갔다 온 보급장교가 진땀을 흘리
며 대답했다.

“했습니다.”

“했는데 왜 이 모양이야!”

“그것이…… 보고는 했으나…… 볼로뉴를 병탄하느라 가
이만 역시 더 이상의 여력은 없을 것이라며……. 정세를 판단

하는 지휘관의 안목에 문제가 있는 것이 아니냐는……."

"건방진 년!"

보급장교의 대답에 나르빅은 이를 갈았다. 루비콘과 왕비
와의 갈등이 조금씩 수면으로 올라오면서 나르빅에 대한 중
앙의 지원이 크게 약해져 갔다.

나르빅은 편지를 쓰고, 사자를 보내 지원의 확대를 계속 요
청했지만 그의 요청은 번번이 기각되기만 했다.

나르빅이 그렇게 루나 왕비를 향해 이를 갈고 있을 때, 두
명의 장교가 사무실로 들어왔다.

"무슨 일인가?"

군례를 받은 나르빅의 날 선 물음에 둘 중 먼저 들어온 장
교가 서류를 내밀었다.

"루비콘 후작으로부터 보내져 온 지원물품입니다."

"물량은?"

"이번 겨울은 넘길 수 있을 것 같습니다."

장교의 보고에 나르빅은 한결 누그러진 표정을 지었다.

"다행이군. 역시 후작각하밖에 없어. 이런데도 중앙에 앉
은 놈들은……."

다시금 루나 왕비와 공작들을 떠올리며 이를 갈던 나르빅
은 뒤이어 들어온 장교를 돌아봤다.

"자네는 또 무슨 일인가?"

"병사들이 또 죽었습니다."

“이번엔 몇 명인가?”

“열 명입니다.”

“사인은 전과 같습니다. 모두 바짝 마른 미이라와 같은 상태로 발견되었으며…….”

“아랫도리는 벌거벗고 있었겠지?”

“그렇습니다.”

“위치는?”

“요새 동북쪽 후방 3km지점입니다.”

장교의 보고에 나르빅은 벽에 걸린 지도에 붉은 핀으로 위치를 표시했다.

“이번이 다섯 번째로군. 수색은 하고 있나?”

“500명의 병사들을 동원해 수색을 하고 있습니다만…….”

“역시 아무 것도 발견되지 않았다?”

“그렇습니다.”

장교의 보고에 나르빅은 길게 한숨을 쉬고는 손을 저었다.

“나가보게.”

나르빅의 축객령에 장교들은 군례를 취하고는 사무실을 나갔다. 장교들이 나가자 나르빅은 새 잔을 꺼내 술을 따랐다.

“어째서 좋은 소식보다 안 좋은 소식이 더 많은 것인지…….”

　깊은 밤, 어스름한 달빛에 의지해 두 사람이 숲속을 날아가고 있었다. 흡사 유령처럼 소리없이 허공을 비행한 두 사람은 작은 공터가 멀찍이 보이는 나무 아래에 착지했다.

　"어디 보자…… 오늘은 병사들 말고 다른 사람들을 상대해 볼까?"

　중년남성으로 생각되는 남자는 느긋하게 로브의 후드를 뒤로 젖혔다. 달빛에 드러난 남성의 얼굴은 아이히만이었다.

　아이히만은 자신을 따라서 로브의 후드를 넘긴 작은 마리를 쳐다봤다.

　"어떻게 했으면 좋겠냐?"

　"마스터의 뜻대로."

　작은 마리의 대답을 들은 아이히만은 느긋하게 수인을 맺었다.

　"텔레스코프."

　주문이 끝나자 아이히만의 눈앞에 작은 직사각형이 만들어졌고, 그 직사각형에서 저 멀리 공터에서 야영을 준비하고 있는 일단의 사람들이 비춰졌다.

　"어디 보자……. 늙은이 하나에 여자 하나. 그리고 젊은 남자 둘이로군. 용병들인가? 흐음……."

　직사각형에 비친 영상을 감상하던 아이히만은 모닥불 옆에 앉은 남자를 손으로 가리켰다.

　"저 녀석이 좋겠군! 마리, 오늘의 타겟은 저놈이다."

아이히만의 말에 작은 마리는 영상에 비친 사람들 가운데 아이히만이 지적한 사람을 바라봤다. 영상의 남자를 확인한 순간, 공허했던 작은 마리의 눈이 크게 흔들렸다.

"할 수 없습니다."

"뭐?"

"할 수 없습니다."

"왜지?"

"모르겠습니다. 가슴이 아프면서 몸이 말을 듣지 않습니다."

어느새 작은 마리의 눈에서 눈물이 흐르기 시작했다. 작은 마리의 상태를 본 아이히만은 영상에 비친 남자를 자세히 살피기 시작했다.

'어? 좀 낯이 익군……. 아!'

아이히만의 자신이 지목한 남자를 자세히 살피다 누구인지를 깨달았다. 예전 소돔에서 마리와 함께 있던 남자였다.

아이히만은 여전히 눈물을 흘리며 영상에서 눈을 떼지 못하는 작은 마리에게 물었다.

"저자가 누구인지 아느냐?"

"모릅니다."

'기억은 확실하게 지웠는데……. 제약 설정에 문제가 있나?'

아이히만은 하얗게 이를 빛내며 웃기 시작했다.

"크크큭! 마리! 넌 언제나 나에게 신기함만을 가져다주는 구나!"

옆에서 아이히만이 자신을 보며 웃는 것에 상관없이 작은 마리의 두 눈은 영상에 고정되어 있었다.

큰 마리가 음식을 들고 보리스 옆에 앉아 웃으며 이야기를 하는 모습과 그런 큰 마리를 보고 보리스가 피식 웃으며 뭐라 대꾸하는 것을 본 작은 마리는 자신의 가슴을 움켜쥐었다.

'왜 가슴이 아프지? 왜? 저자는 누구지?

"해제."

"아……."

아이히만이 마법을 해제하자, 작은 마리는 아쉬움에 가득 찬 표정을 지으며 손을 앞으로 뻗었지만 허공만을 움켜쥐었다.

"마리, 돌아간다."

아이히만의 명령에도 작은 마리는 공터만을 쳐다봤다.

"돌아간다, 마리!"

"예. 마스터."

재차 아이히만이 명령을 내리고 나서야 작은 마리는 아이히만을 따라서 몸을 돌렸다. 다시 한 번 더 공터를 돌아본 작은 마리는 아이히만을 따라 다시 허공으로 날아올랐다.

*　　　*　　　*

"거참, 볼로뉴 전쟁의 이야기를 해달라니까 왜 안 해주는 거야?"

"사람 죽어 나가는 이야기가 뭐 좋다고 들으려고 그래?"

큰 마리와 대화를 나누던 보리스는 대화를 끊고는 모닥불 너머 숲을 쳐다보았다.

"무슨 일이야?"

큰 마리의 물음에 대답을 하지 않고 한참 동안 숲을 바라보던 보리스는 한숨을 쉬었다.

"누군가 날 보고 있었던 것 같은데?…… 살기는 아니었는데 말이지. 잠깐 다녀올게."

"보리스!"

"야! 무슨 일이야!"

갑자기 자리에서 일어서는 보리스를 보고 큰 마리와 미하일이 보리스를 불렀지만, 보리스는 숲 안쪽으로 몸을 날렸다. 어두운 숲 속을 달려 작은 마리와 아이히만이 있던 자리에 도착한 보리스는 주변을 살폈다.

"누군가 있었는데……."

"너도 느꼈느냐?"

"영감님도 느끼셨습니까?"

뒤따라 온 야곱은 보리스의 물음에 고개를 끄덕였다. 보리스와 함께 숲을 살피던 야곱이 고개를 흔들었다.

"누군가 있었던 것 같은데……."

"살기는 느끼지 못했습니다."

"나도 마찬가지."

다시 한 번 숲을 살피던 야곱이 보리스의 어깨를 두들겼다.

"돌아가자. 이미 멀리 간 것 같다."

"네."

보리스는 다시 한 번 숲을 살피고는 야곱의 뒤를 따라 야영지로 돌아갔다. 긴장한 표정으로 야곱과 보리스를 기다리던 미하일이 급히 물었다.

"숲에 뭐가 있었습니까?"

"몰라. 가봤더니 흔적도 없더군."

미하일의 물음에 대답한 야곱은 큰 마리를 돌아봤다.

"결계를 강화하는 것이 좋겠다. 오늘 밤은 내가 경계를 서지."

"알겠습니다."

야곱의 말에 큰 마리는 곧장 수인을 맺기 시작했다.

그 뒤로 며칠 동안 보리스와 야곱은 번갈아가면서 야간의 보초를 섰지만 그 알 수없는 눈초리는 더 이상 느낄 수 없었다.

"추적자는 아닌 모양입니다."

"그런 것 같다."

보리스의 의견에 야곱은 동의를 표했다.

"하지만 모르는 일이니 경계는 강화해야겠군."

"알겠습니다."

야곱은 미하일과 큰 마리를 돌아봤다.

"자네들도 긴장을 늦추지 말게."

"알겠습니다."

며칠 동안의 노숙 끝에 보리스들은 소돔에 도착했다. 형식적인 검문을 거친 일행은 다시 '붉은 주사위'를 찾았다.

"어서 오십시오."

"얀센은 있나?"

미하일의 물음에 일행들을 맞이한 남자들의 눈이 날카롭게 빛났다.

"누구십니까?"

"예전에 좀 알고 지냈던 사람들이지. 얀센을 만나고 싶다."

"누구시라고 전해드릴까요?"

"미하일과 보리스라면 알 거야."

"잠시 기다리십시오."

남자들 가운데 하나가 안으로 사라지고 나서 얼마의 시간이 흐르자 얀센이 모습을 나타냈다. 보리스들의 모습을 본 얀센은 크게 팔을 벌리며 반가움을 표시했다.

“여~. 이 사람들이 누구야! 오랜만이네!”

매우 반가워하는 얀센과 달리 보리스와 미하일은 담담하게 손을 들었다.

“오랜만이군.”

“거 참! 성격들은 여전하구먼! 어쨌든 반가워. 이곳엔 무슨 일이야?”

“누구를 좀 만나려고.”

여전히 짧고 간결한 보리스의 대답을 들은 얀센은 쓴웃음을 짓다가 안쪽으로 일행들을 안내했다.

“우선은 앉아서 얘기하지!”

건물 안쪽에 따로 만들어진 별실로 보리스들을 안내한 얀센은 일행이 자리에 앉자 용건을 물었다.

“그래, 누구를 만나러 온 거야?”

“루비콘 후작.”

보리스의 대답에 얀센의 얼굴이 경직되었다. 딱딱하게 굳은 얼굴로 얀센은 보리스에게 물었다.

“그는 왜?”

“알아서 좋을 것은 없어.”

“이 도시에 위해가 간다면 난 도와줄 수 없어.”

얀센의 말에 미하일이 보리스를 대신해 대답했다.

“이 도시에서 돌아다니는 모든 것들, 사람이건 약이건 도박이건 이 도시 안에서만 돌고 밖에 피해를 크게 주지 않는다면 모르드가 어찌되든 이 도시는 안전할 거야.”
“그것은 자네들의 상사가 보증하는 것인가?”
“우리들의 상사는 큰 문제를 만들기 전까지 신경도 안 쓸
거야.”
“결론은 우리 몫이란 거군.”
“지금까지 그래왔던 것처럼.”
미하일의 대답에 얀센의 얼굴에 웃음이 돌아왔다.
“그렇군. 지금까지 그래왔었지.”
고개를 주억거리던 얀센은 가볍게 손뼉을 쳤다.
“손님이 오셨는데 뭘 하는 거냐? 술 가져와.”
“알겠습니다.”
얼마 지나지 않아 일행들이 둘러앉은 테이블 위로 술과 안
주가 차려졌고, 일행들의 잔에 술을 채운 얀센이 물었다.
“후작을 만나서 뭐할 거야?”
“대화를 나눌 거야.”
“대화만?”
“대화만.”
“흐음……..”
작게 콧소리를 내며 일행들을 살피던 얀센은 미하일에게
물었다.
“내가 도와줄 일이 있어?”
“편하고 안전하게 쉴 곳과 후작의 위치.”

대답을 들은 얀센은 잠시 생각을 하더니 입을 열었다.

"루비콘 후작은 언제나 묵는 곳이 정해져 있지만, 오늘은 늦었으니 내일 아침에 알려주지. 그리고 편하고 안전한 쉴 곳이라……. 지난번에 묵었던 그곳은 어때?"

"그곳에서 우리가 무슨 일을 겪었지?"

미하일의 반문에 얀센은 자신의 이마를 가볍게 두드렸다.

"이런! 미안, 미안! 어디 보자……."

다시 생각을 하던 얀센이 뒤에 대기하고 선 남자에게 손짓을 했다.

"이분들을 골드 네스트로 모셔라."

"알겠습니다."

"내 손님이라고 전해."

"알겠습니다."

얀센의 명령을 들은 남자가 고개를 숙이고 밖으로 나가자, 얀센이 보리스들을 바라봤다.

"생각 같아선 거하게 마시고 싶지만 먼 길을 왔으니 오늘은 그만하지. 일 잘 끝내고 나면 한잔하자고."

남자를 따라 밖으로 나가던 미하일은 얀센의 말에 가볍게 손을 드는 것으로 대답을 대신했다.

＊　　　＊　　　＊

남자는 일행을 화려한 호텔로 안내했다. 연락을 받고 허겁지겁 달려온 지배인에게 남자가 뭐라 속삭이자 지배인은 보리스 일행에게 굽실거리며 방을 안내했다.

화려한 계단을 타고 호텔의 최상층으로 올라간 지배인은 문을 열고 일행들에게 허리를 굽혔다.

"이곳입니다."

"호오~."

최상층의 절반을 차지한 화려한 방을 본 일행이 나직이 탄성을 뱉어내자 지배인은 자부심에 가득 찬 목소리로 입을 열었다.

"저희 호텔 최고의 스위트룸입니다. 4개의 침실과 두 개의 욕실이 마련되어 있으며, 회의실로 쓸 수 있는 거실과 휴식을 취하실 수 있는 응접실이 구비되어 있습니다. 또한 응접실 한쪽에 마련된 바에는 각종 주류가 종류별로 구비되어 있습니다."

"비싸겠군."

"얀센님의 손님이시니 모든 것은 무료입니다."

지배인의 말에 미하일은 일행을 따라 올라온 남자를 바라봤다.

"얀센에게 호의에 감사한다고 전하도록. 모두에게 좋은 결과를 얻도록 노력하겠다는 말도 같이 전해줘."

"알겠습니다."

　지배인과 남자는 깊숙이 허리를 굽혀 인사를 하고는 뒤로 물러섰고, 일행들의 짐을 들고 따라 온 사환들 역시 짐들을 내려놓고는 밖으로 나갔다.

　다음날 아침, 어제 안내를 했던 남자가 일행들을 찾아왔다. 90도로 허리를 꺾는 조직 특유의 인사를 한 남자는 품에서 쪽지를 꺼내 미하일에게 건넸다.
　"루비콘 후작의 거처와 일정입니다."
　"고맙다고 전해줘."
　"알겠습니다."
　남자는 다시 한 번 특유의 인사를 하고는 방을 나갔고, 일행들은 미하일 주위로 모여들었다. 미하일은 소돔의 지도를 꺼내 위치를 찾기 시작했다.
　"어디보자……. 여기가 골드네스트고, 후작의 별장은 이곳이니까……. 얀센이 아주 좋은 곳에 방을 잡아줬군. 여기서 말을 타고 30분 거리야."
　"아주 좋군. 후작의 일정은 어때?"
　보리스의 물음에 미하일은 쪽지를 손에 쥐고 흔들었다.
　"일정이랄 것도 없어. 온천도 별장 안에 있고, 파티도 후작이 초대를 받고 나가는 것보다, 후작의 초대를 받고 오는 귀족들과 상인들이 다야."
　"모든 것이 별장 안에서 전부 이뤄진다는 것인가?"

“그렇지.”
“그럼 우리가 들어가야겠군.”

호텔을 나선 일행들은 후작의 별장을 찾아 말을 몰았다. 언제나처럼 소란스런 소돔의 길을 따라 후작의 별장에 도착한 일행은 별장 근처에 만들어진 카페에 자리를 잡았다.
“경비가 삼엄하군.”
“소돔이니까. 좀도둑부터 대도까지 넘쳐 나는 곳이잖아.”
가벼운 스낵과 차를 들면서 보리스와 미하일은 별장의 경비 상태를 살폈다. 그러는 동안에 산책 나온 모녀처럼 가벼운 걸음걸이로 별장의 담을 한 바퀴 돈 야곱과 큰 마리가 합류했다.
“어떻습니까?”
“ ‘철옹성이란 이런 것이다!’ 라는 것을 잘 보여주더군.”
“창살 담이라 안은 보이지만 높이가 장난이 아니야. 거기에 마법결계로 도배를 해놨어.”
“담을 통해 보이는 정원에도 함정과 결계가 잔뜩이겠지.”
야곱의 말에 미하일이 반론을 폈다.
“정원은 오히려 깨끗하지 않을까요? 함정 위에서 밀회를 할 수는 없지 않겠습니까?”
유명한 귀족들의 애정행각을 지적한 미하일의 반론에 야곱은 고개를 끄덕였다.

"그도 그렇겠군."

일행들의 이야기를 듣던 보리스가 결론을 내렸다.

"가장 확실한 것은 높은 곳에서 다시 한 번 봐야 된다는 거 군요. 오면서 적당한 건물을 봐뒀습니다. 오늘 밤부터 살펴봐 야겠지요."

"그렇겠군."

보리스와 야곱의 말에 미하일은 울상을 지었다.

"그 좋은 방 놔두고 또 노숙을 해야 하는구나……."

"팔자가 더러운가 보지."

그 뒤로 나흘 동안 보리스와 미하일, 야곱은 별장 옆 건물 옥상에서 루비콘 후작의 별장을 꼼꼼하게 관찰했다.

나흘째 밤, 호텔로 돌아온 세 사람은 미하일이 그린 평면도 에 진입경로와 탈출경로를 그리며 의견을 나누었다.

"이 경로가 제일 적당한 것 같습니다."

"내 생각도 그렇군. 자네 생각은 어떠한가?"

야곱의 물음에 보리스 역시 고개를 끄덕였다.

"저 역시 동의합니다."

"그럼 언제 들어갈 건가?"

"모레 저녁에 들어가겠습니다."

"자네 혼자 들어갈 것인가?"

야곱의 물음에 보리스는 고개를 저었다.

"그랬으면 좋겠습니다만, 전 대화를 잘 못합니다. 저와 미

하일이 들어가겠습니다. 영감님과 큰 마리는 밖에서 대기하
시다가 만약의 사태가 벌어지면 도와주십시오.”

“그렇게 하지.”

보리스는 일행들에게 다시 일의 중요성을 강조했다.

“모두 아시겠지만, 이번 일을 성공시켜야 가이만이 시간을
벌 수 있습니다. 모르드의 백성에겐 안된 일이지만, 모르드의
힘이 약해져야 백성들의 피해가 줄게 되는 일이니 반드시 성
공시켜야 합니다.”

보리스의 말에 일행들은 고개를 끄덕이며 전의를 다졌다.

이틀 뒤 밤, 보리스와 미하일은 예의 옥상 건물에 몸을 숨
졌다. 보리스가 커다란 밧줄뭉치를 꺼내자 미하일이 보리스
를 도와 밧줄뭉치를 정리하며 말을 걸었다.

“옛날 일 생각나네.”

“무슨 일?”

“그 황금을 무덤으로 삼은 빌어먹을 장사치.”

“아~ 로렌초?”

“응.”

“빌어먹을 놈이었지. 그래도 뱃속에 황금을 가득 넣어갔을
테니 공수래공수거는 면했잖아.”

“크크크.”

“킥킥.”

두 사람은 작게 웃음을 나누며 밧줄을 정리했다. 밧줄의 정리를 끝내고 휴대한 무장들의 정비까지 끝낸 두 사람은 옥상 난간에 팔을 기대고 'ㄴ' 자 모양의 후작 별장 정원을 내려다 봤다.

"가자."

요란하던 음악소리가 사라지고 별장의 등불들도 꺼져 가자 보리스는 밧줄을 움켜쥐었다. 옥상 난간에 한쪽 발을 디딘 보리스는 갈고리가 달린 밧줄을 크게 돌리기 시작했다.

횡횡횡! 휘리릭!

점점 빠르게 돌던 밧줄은 곧 작은 소리와 함께 밤하늘을 날아 별장 옥상 한쪽에 매달렸다. 밧줄을 당겨 제대로 걸린 것을 확인한 보리스는 밧줄의 반대쪽을 자신이 선 옥상 난간에 묶었다.

두꺼운 가죽 장갑을 손에 낀 보리스는 미하일을 돌아봤다.

"먼저 간다."

"어."

지이익!

장갑의 가죽이 밧줄에 쓸리는 소리와 함께 보리스는 밧줄을 타고 후작의 옥상으로 향했다.

탁!

작은 소리와 함께 별장 옥상에 착지한 보리스는 주위를 살피곤 아무 이상이 없자 미하일에게 손짓을 했다. 미하일이 밧줄을 타고 건너오자, 보리스는 실내로 통하는 문으로 걸어갔다.

"후작의 침실이 어디야?"

"저곳."

미하일은 별장의 중앙을 가리켰고, 보리스는 미하일이 가리킨 곳을 보고는 조심스럽게 문을 열었다. 살짝 열린 문틈으로 안을 살핀 보리스가 문을 열고 들어서자, 미하일이 주의를 주었다.

"잊지 마. 우리는 죽이러 가는 것이 아니야. 웬만하면 숨는 것으로 하자고."

"알아. 알아."

짧게 대꾸한 보리스가 앞장을 섰고, 미하일은 조심스럽게 보리스의 뒤를 따랐다.

보리스와 미하일은 예전에 인귀사냥을 하던 때보다 더욱 조심스럽게 걸음을 옮겼다. 두툼한 양탄자 덕분에 발소리는 나지 않았지만, 복도의 모퉁이를 돌거나 방문 앞을 지날 때마다 둘은 주변의 동정을 살피고 나서야 발을 떼었다.

지루하도록 오랜 시간을 걸어서 두 사람은 목표한 곳에 도착했다.

둘은 목에 걸린 검은 천을 끌어올려 얼굴을 가리고는 서로 마주보았다.

미하일이 엄지손가락을 들어 올리자, 보리스는 천천히 방문을 열고 안으로 들어섰다.

창문 옆에 있는 화려한 천개가 걸린 침대로 향한 두 사람은 침대 위에 아무도 없자, 조심스럽게 침실 안을 살폈다.

사람의 기척을 쫓던 보리스는 침실과 연결된 네 개의 문들 가운데 하나에서 사람의 기척이 느껴지자, 미하일의 어깨를 가볍게 건드렸다.

미하일이 돌아보자 보리스는 자신이 발견한 문으로 고갯짓을 하고는 먼저 걸음을 옮겼다.

문 앞으로 걸어간 두 사람은 문에 귀를 바짝 대었다. 문 저쪽에서 남자들의 목소리가 들리는 것을 확인한 보리스는 침대 옆에 있던 유리컵 두 개를 가져와 하나를 미하일에게 건넸다.

컵을 벽에 붙인 보리스는 귀를 컵에 댔다.

"……지금까지 얘기했듯이 중앙에서 우리를 이리도 업신여길 수는 없는 일이오. 다시 한 번 강하게 따져야 하오."

"계속 반복되는 말이지만, 지금 이렇게 불평들을 늘어놔도 왕비 앞에만 가면 입을 다물고 벌벌 떠니 무슨 일이 되겠소이까?"

안의 대화를 들은 보리스와 미하일은 서로를 마주보고 유리잔을 뒤로 내던지고는 문을 열었다.

쨍그랑!

덜컥!

"누구냐!"

"누구냐!"

침실과 면한 서재에서 이야기를 나누던 귀족들은 모두 자리에서 일어나며 소리를 쳤다. 그런 귀족들 가운데 한명이 책상 위의 작은 장식에 손을 가져가는 순간 보리스의 손이 움직였다.

쉭! 팍! 부르르르.

"히익!"

얇고 긴 단검이 잡으려 했던 장식과 귀족의 손 사이를 가로막으며 책상에 박혔다. 기겁하며 손을 뒤로 뺀 귀족의 귀에 낯선 남자의 목소리가 파고들었다.

"움직이지 마시오. 루비콘 후작."

"나를 아는가?"

"글쎄?"

"당신들도 섣부른 행동을 하지 말기를 바라오."

루비콘 후작을 상대로 보리스가 이야기를 하는 가운데, 미하일은 다른 귀족들에게 주의를 주었다.

후작과 다른 귀족들이 엉거주춤하게 서 있는 가운데 미하일이 앞으로 나섰다.

"후작님과 다른 귀인분들 모두 이쪽에 와서 앉으시기 바랍니다. 어서."

미하일의 말에 루비콘 후작을 위시해 방 안에 모여 있던 다섯 귀족들은 주춤거리며 중앙에 있는 소파에 앉았다.

보리스가 복도로 통하는 문을 막 듯이 자리를 잡자, 미하일이 판을 벌렸다.

"어디 보자……. 루비콘 후작, 프랑코 백작, 헤스 백작, 콘테 백작, 나이쇼 백작. 왕국의 동부와 남부 실력자분들이 다 모이셨구먼."

"왕비가 보냈나?"

"아니오. 우리는 왕비를 싫어하지. 아, 왕비가 우리를 싫어하나?"

"암살자들인가?"

"암살자치고는 말이 많다는 생각 안 드쇼?"

"그럼 우리를 왜 이리 핍박하는 것이냐?"

귀족들의 대표로 루비콘 후작이 항의를 하자 미하일은 어깨를 으쓱했다.

"이런, 이런. 뭔가 단단히 오해를 하셨군. 우리는 단지 쓸데없는 소동이 생겨서, 왕비가 숨긴 귀들이 듣는 것을 막고자 했을 뿐이오."

미하일의 대답에 루비콘 후작이 자세를 바로하며 물었다.

"그럼 너희들이 원하는 것이 무엇인가?"

"당신들에게 알려줄 것이 있어서."

"응?"

미하일은 품에서 작은 주머니를 꺼내 루비콘 후작에게 던졌다. 미하일이 던진 주머니를 받은 루비콘 후작은 조심스럽게 주머니를 열었다.

"반지?"

주머니 안의 내용물을 확인한 루비콘 후작이 미하일을 쳐다보자 미하일이 좀 더 자세히 설명했다.

"정확히는 반지를 가장한 아티팩트."

"무엇에 쓰는 물건인가?"

"손가락에 낀 다음에 가운데 박힌 보석을 가볍게 돌려 보시오."

미하일의 말에 루비콘 후작은 반지를 들어 자세히 살피기만 할 뿐 낄 생각은 하지도 않았다.

"독침 같은 것은 없으니 안심하시오. 당신을 죽이려면 이렇게 복잡한 수를 쓰지도 않아."

"딴은 그렇군."

루비콘 후작은 반지를 손가락에 끼우고 미하일의 말대로 반지에 박힌 보석을 돌렸다.

그러자 잠시 짜릿한 느낌이 스쳤다.

"뭐지?"

"방 안이나 다른 양반들을 한 번 살펴보시지."

미하일의 말에 루비콘 후작은 방 안을 두리번거렸다. 곧 자리에 앉은 귀족들의 가슴이나 손 부분에서 붉은 빛이 반짝였고, 자신이 일을 보던 책상 한곳에서도 붉은 빛이 반짝였다.

"이것이 무엇인가?"

"아티팩트의 위치. 후작이라면 이 방 어디어디에 무엇이 있는지 잘 알겠지?"

"그렇군."

다시 한 번 방 안을 살피던 후작은 고개를 끄덕였다. 반지를 빼 주머니에 다시 담은 후작은 미하일에게 물었다.

"그런데 이것이 우리에게 무엇을 알려준다는 것이지?"

"며칠 후면 왕궁에서 회의를 하잖소? 그 어전회의실에서 잘 써보시오."

"어전회의실에는 아티팩트를 들고 들어갈 수 없다."

"그래서 꼼수를 부렸소. 작동하기 전까지는 아무도 모르고 작동해도 사용자 외에는 아무도 몰라."

"그게 가능한가?"

"살상용이 아니라 매우 작은 마나만이 움직이거든."

"흐음……. 그건 그렇다 치고 어전회의실에는 만약의 사태에 대비해 마법진이 설치되어 있다. 이런 아티팩트를 쓰지 않아도 다 아는 사실이야."

"그건 그렇지요. 하지만 마법진이 의외에 장소에서 의외의 목적에 설치되어 있다면?"

"무슨 소리지?"

루비콘 후작의 반문에 미하일은 또 다른 가죽 주머니를 꺼내 루비콘 후작에게 던졌다. 루비콘 후작은 주머니에서 또 다른 반지를 꺼냈다.

"이것은 또 무엇인가?"

"정신계 마법을 해소시키거나 반감시켜 주는 아티팩트. 사용법은 같소. 일반적인 정신 마법은 완전히 상쇄시킬 수 있고, 그보다 강한 마법이라 해도 상당부분 효과를 약화시킬 수 있지."

"반대로 정신마법을 거는 것 아닌가?"

"이 소돔에는 학회에 적을 두지 않은 자유 마법사들이 꽤 되지. 그들 가운데는 상당한 실력을 가진 이들도 많소. 의심나면 그들에게 확인해 봐도 좋소."

"흐음……."

미하일의 자신만만한 대답에 루비콘 후작은 팔짱을 끼고 보리스와 미하일을 찬찬히 훑어보았다.

"그래. 그건 확실하게 확인을 해보지. 그런데 이것으로 어전회의에서 무엇을 확인해 보라는 것인가?"

"죽은 국왕의 존재감과 위압감이 어떠했는지 잘 알 것이오. 그런 강한 인상의 존재는 사라져도 한동안은 그 기억이 남지. 그런데 지금은 어떻소? 왕비에게 눌려 죽은 국왕의 존재 따위는 까마득히 잊고 있지 않소?"

"그건 그렇군."

"이상하지 않소? 그렇게 강렬한 카리스마의 존재가 둘이나 있었는데 어째서 왕비 역시 강한 위압감을 지닌 존재라는 것을 국왕이 죽고 나서야 알았을까?"

"자신의 기운을 죽이고 있었겠지."

"그렇게 생각하시오?"

"아니란 말인가?"

"잘 드는 칼은 아무리 주머니 속에 잘 숨겨두어도 그 주머니를 찢고 나오지. 왕비가 진짜로 강한 카리스마를 타고 난 존재였다면, 어떤 경로를 통해서라도 어느 정도는 드러나는 법이오. 하지만 그렇지 않았지."

"그렇다면, 자네는 지금 왕비가 마법으로 우리를 억누르고 있다는 소리인가?"

"정확히는 왕비만이 아니라 왕비를 포함한 두 공작들이겠지."

"그들이 왜?"

"지금의 모르드는 과연 누구의 나라요?"

미하일이 엉뚱한 질문으로 대답을 하자 후작을 비롯한 귀족들은 어리둥절한 표정을 지었다.

"그 옛날 개국의 뜻을 함께한 모르드와 영웅들의 피를 이은 후손들의 나라요? 아니면 100년 전에 흘러 들어와 공작자리를 차고앉은 이와 그들에 영합한 이들의 나라요?"

"크흠! 좀 듣기 거북하군."

"듣기 거북해도 사실은 사실이오."

"그래도 모르드의 피를 이은 왕자가 있다. 그분이 장성하신다면 모르드의 피는 다시 이어져."

"왕비를 빼고도 후궁이 셋이 더 있었는데, 후실을 낳지 못해 쫓겨났지. 왕비도 결혼한 지 8년이 지나서야 겨우 아들 하나를 낳았소. 과연 모르드의 피가 이어졌을까?"

"그 발언, 듣기 거북하군."

"아, 그럼 철회하지. 하지만 100년 전부터 모르드의 왕비는 두 공작가문에서만 나왔지. 근친혼의 위험을 경고했는데도 말이오. 지금은 운이 좋아 모르드의 피가 이어졌다해도 10년 뒤에는? 20년 뒤에는? 과연 모르드 왕가의 모르드 왕국이 될까?"

"크흠……."

"지난 100년 동안, 모르드의 왕가와 귀족들의 틈은 점점 더 벌어져만 갔소. 그리고 그 틈을 그 뿌리도 알 수 없는 이들이 귀족 작위를 얻어 차지했지. 개국 공신들의 후예로 그것을 용납할 수 있소?"

미하일의 질타에 귀족들은 아무 말도 못하고 침만을 삼켰다. 앞에 놓인 술잔을 들어 잠시 목을 축인 루비콘 후작이 미하일에게 물었다.

"그대들은 누구인가?"

"그걸 왜 알려 하시오?"

"왜 우리에게 이런 아티팩트를 주며 진실을 설명하는 것이지?"

"그대들은 우리에게 갚아야 할 빚이 있소."

"빚? 난 여태까지 빚을 지고 산 적이 없다. 혹시…… 너희 들 가이만의 첩자들인가?"

"하하하하!"

루비콘 후작의 물음에 미하일은 어깨를 들썩거리며 크게 웃었다. 한참 동안 웃던 미하일은 눈가에 맺힌 눈물을 닦으며 루비콘 후작을 쳐다봤다.

"이런 이들에게 가능성을 본 내가 바보지."

비아냥거리던 미하일은 단검을 꺼내들었다.

"날 가이만의 첩자라 생각한다면 가이만의 첩자로 행동하지. 당신들을 죽이겠소. 그걸로 당신들의 빚을 갚는 걸로 하지. 10년 전 당신들의 침묵으로 국왕의 파티에서 죽어야만 했던 이들의 빚을……."

"잠깐! 잠깐! 당신들은 그들의 후예인가?"

루비콘 후작은 다급히 손을 흔들었다.

"아니, 가이만의 첩자요."

"그랬군, 그랬어! 이제야 알겠군. 이제야 알겠어! 한동안 참사를 피한 생존자들이 있다는 소문을 들었어!"

루비콘 후작은 자리에서 일어나 고개를 숙였다.

"미안하네. 나름 찾는다고 했는데, 국왕의 눈이 두려워 제대로 찾지도 못했고 부당함을 따지지도 못했지."

"후작의 방계로서 자작위에 있다가 일거에 후작위로 올라섰으니 찾을 생각도 안했겠지요."

그 말에 후작은 말없이 주머니들을 품에 넣었다.

"자네 말대로 확인을 해 보지. 만약 사실이라면……."

잠시 숨을 가다듬은 후작이 단호하게 결정을 내렸다.

"왕국을 가로채려는 존재들을 가만히 둘 수는 없지."

"용단에 감사하오."

"그대들의 얼굴과 이름을 알 수 있는가?"

"모든 것이 제자리를 찾는 날 찾아뵙겠소."

"알겠네."

대화가 끝나자 미하일과 보리스가 방을 나서려는 순간에 지금까지 가만히 앉아 있던 콘테 백작이 입을 열었다.

"자네들의 실력이라면 왕비를 죽일 수도 있는데, 왜 이런 식으로 일을 하는 것인가? 잘못하면 내전으로 번질 수도 있네."

"우리만으로 왕비를 죽인다면 암살자의 소행으로만 끝이 나고, 아무 것도 변하지 않지. 하지만 말이오. 귀족들이 명분을 들고 일어난다면 확실하게 저들을 뿌리 뽑을 수 있고, 그것이야말로 확실한 복수 아니겠소?"

"그렇군."

"그럼 좋은 소식을 기다리겠소."

　후작의 별장을 무사히 빠져나온 미하일과 보리스는 큰 마리와 야곱이 기다리고 있는 합류지점으로 걸음을 옮겼다.

“그런데 하나 묻자.”

“뭘?”

“너 혹시 죽은 귀족들의 후계자 아냐?”

보리스의 물음에 미하일은 걸음을 멈추고 보리스를 쳐다봤다.

“아까 말하는 폼이 너무 사실 같았어. 난 내 보는 눈을 자신하거든? 그건 확실히 진실이었어.”

보리스의 말에 미하일은 한참 동안 보리스를 지긋이 바라봤다.

“뭐야? 왜 그래?”

미하일은 보리스의 어깨에 팔을 얹고는 대답했다.

“돌아가면 큰 마리에게 눈 좋아지는 약 좀 지어달라고 해.”

“이 자식이!”

“길드에선 상대방이 진실이라고 믿게끔 행동하고 말하는 법도 교육하지. 이거 좋은 소식인 걸? 길드 양반들 좋아하겠어.”

“얌마!”

보리스와 가볍게 투닥거리며 길을 걷던 미하일은 잠시 후작의 별장을 바라봤다.

“대륙의 참된 역사를 알고 싶어 내 나이 11살에 핏줄을 버

렸었다……. 그리고 1년 뒤에 참극이 벌어졌었지. 이렇게 복
수를 하게 되었군."

"뭐하냐?"

앞서 걷던 보리스가 부르자, 미하일은 곧 표정을 바꾸고 보
리스에게 달려갔다.

"아, 허리가 좀 아파서……. 나도 나이 먹었나 보다."

"부실한 놈."

*　　　*　　　*

보름 뒤, 왕궁에서 회의를 마치고 나온 루비콘 후작과 귀족
들은 후작의 저택에 다시 모였다.

"왕비의 폭정이 점점 더 심해지고 있습니다."

"백성들에게서 거둬들이는 세수는 고정되어 있는데, 우리
가 납부해야 할 세금은 계속 오르고 있습니다."

"병력확충을 한답시고 남자들을 뽑아가는 바람에 농사에
도 조금씩 영향이 미치고 있습니다."

"우리만 백성들에게 점점 나쁜 존재로 각인되고 있습니
다!"

귀족들은 계속해서 불평들을 늘어놓았고, 한참 동안 말없
이 불평을 듣고만 있던 후작이 손을 들었다.

"여러분들의 의견은 잘 들었소이다. 내일 또 회의가 있으

니 다시 의견을 개진해 봅시다."

"알겠습니다."

후작의 대답에 귀족들은 힘없이 대답하고 저택을 빠져나갔다. 화려하게 치장한 수십 대의 마차들이 빠져나가고 후작의 저택에는 소돔에서 모여 있던 귀족들만이 남았다.

"후~. 저렇게도 할 말들이 많은 사람들이 막상 회의 시간만 되면 꿀 먹은 벙어리들이 되니……."

"솔직히 왕비의 면전에서 제대로 입을 열 사람들이 몇이나 있겠습니까?"

"그도 그렇지요."

후작은 자조적인 표정으로 대답했다. 후작의 서재로 일행들이 자리를 옮기자, 시녀들이 다과와 술안주들을 차리기 시작했다.

후작은 그렇게 상을 차리는 시녀들을 살피다 한 명의 시녀에게 시선이 고정되었다.

"너, 이름이 뭐냐?"

"마, 마리솔입니다. 후작님."

"마리솔이라……. 좀 낯설구나."

"들어온 지 며칠 안 되었습니다."

"그래, 그렇단 말이지? 흠……."

후작은 시녀를 지긋이 바라봤고. 시녀는 쟁반을 가슴에 얹고 어찌할 바를 모르겠다는 표정으로 안절부절 하고 있었다.

“나가 봐라.”

“네, 네. 후작님.”

시녀가 후다닥 서재를 빠져나가자 콘테 백작이 웃음을 터뜨렸다.

“하하하! 후작님 마음에 드는 아이인가 봅니다!”

“그것이 아니오.”

“에이, 뭐 어떻습니까?”

후작은 연방 웃음을 터뜨리는 콘테 백작을 노려봤다.

“백작. 백작은 내가 때와 장소를 제대로 구별하지 못하는 멍청이로 보이오?”

“죄송합니다.”

싸늘한 후작의 반응에 콘테 백작은 급히 사과를 하며 굽실거렸다. 그러자 이번엔 헤스 백작이 입을 열었다.

“그럼 왜 시녀에게 관심을 보이셨습니까?”

헤스 백작의 질문에 후작은 조용히 하라는 신호를 보내고는 오른손을 들어 손가락에 낀 반지를 보여주었다.

“아······.”

백작들이 입을 다물자, 루비콘 후작은 책장에 놓인 작은 장식을 꺼내 들고는 창문을 열었다.

퐁당!

창밖으로 던진 장식이 연못에 빠지자, 후작은 길게 한숨을 쉬었다.

“후……. 내 집에서조차 마음대로 말도 못하다니…….”

“무엇이었습니까?”

“무엇인지는 몰라도 아티팩트였소. 문제는 내가 아는 것이 아니었다는 것이 문제지.”

“그럼?”

“누가 가져다 놓은 것이지. 그리고 아까 그 하녀의 가슴팍에서도 아티팩트의 반응이 나오더군.”

“그럼!”

“아마 왕비의 밀정이었겠지. 조만간 기사단장을 보내 약간의 면담을 해야 할 듯하오.”

“그렇군요. 죄송합니다!”

“죄송합니다!”

백작들의 사죄에 후작은 고개를 저었다.

“괜찮소. 뭐 나라도 상황을 몰랐다면 같은 생각을 했겠지. 그럼, 이제 이야기를 해봅시다.”

후작은 일일이 귀족들의 잔에 술을 따랐다.

“오늘 어땠소? 그 친구의 말이 맞더군.”

“그렇습니다. 확실히 어전회의실 여기기서 붉은 빛이 빛나더군요. 하지만 가장 의심이 가는 것은 왕비의 왕관이었습니다.”

“맞습니다. 방어를 위해 설치했다고 보기 힘든 장소도 몇 군데 있었습니다만, 왕비의 관에 붙은 것이 제일 수상했었습니다.”

“그리고 확실히 왕비의 위압감도 약했습니다. 예전과 비교해 보면 믿을 수 없을 정도였습니다.”

동석한 귀족들의 의견을 들은 후작은 고개를 끄덕였다.

“그자의 말이나 소돔에서 검사를 맡겼던 마법사들의 의견대로였소. 그 빌어먹을 여자가 장난을 친 것이었소. 으득!”

지금까지 속아왔다는 것을 안 후작은 이를 갈며 분통을 터뜨렸다.

“그럼 어떻게 하실 것입니까?”

“내일 회의에서 밝히실 것입니까?”

귀족들의 물음에 후작은 고개를 저었다.

“아니, 이곳은 저들의 본거지요. 우리에겐 사지지.”

“그럼 이대로 가만히 있어야 합니까?”

“나르빅 백작에게 전언을 넣을 것이오. 모르드의 왕실에서 저들을 몰아내야 하오.”

“내전을 벌이실 생각이십니까?”

“그렇소.”

“위험합니다! 나르빅 백작을 부른다면 국경이 무너집니다.”

“그렇지 않소. 가이만은 볼로뉴를 소화하기도 버겁소. 그들의 소화가 끝나기 전 최대한 빨리 저들을 몰아내고 건강한 모르드로 바꾸어야 하오.”

“도박입니다.”

“도박이지. 하지만 나르빅 백작과 그의 군대 전부가 아니라 나르빅 백작만이라면 국경의 위험은 그리 크지 않을 것이오.”

“드레이크를 잊으시면 안 됩니다. 그는 마스터입니다.”

“그렇긴 하오. 하지만 마스터의 한계를 저 가이만 놈들이 제대로 보여주지 않았소? 그래서 안심하고 나르빅을 부르자는 것이오. 단기전에서 소규모 부대만을 상대해야 한다면 마스터는 아직도 최강의 카드고 그를 써먹어야 하오.”

“알겠습니다.”

“내일 회의가 끝나는 대로 최대한 빨리 영지로 돌아가시오. 그자가 준 아티팩트를 이용해 왕비의 눈과 귀를 제거한 다음 거사를 위한 만반의 준비를 하시오.”

“알겠습니다.”

귀족들이 동의하자, 후작은 잔을 높이 들었다.

“모르드의 정통을 위하여!”

“위하여!”

“백작님, 수도로부터의 답변서입니다.”

“이리 주게.”

빼앗듯이 답변서를 손에 넣은 나르빅 백작은 봉인을 뜯고 안에 적힌 내용을 읽어나가다 욕설을 씹어뱉었다.

"빌어먹을!"

"또 거부입니까?"

"보내줄 병력이 없단다! 뭐? 훈련이 부족해 여유가 없다고? 그 피둥피둥 살이 찐 중앙군 3만은 뭐냐! 그 3만 가운데 1만도 못 보내준다는 말인가!"

나르빅의 분통을 듣고 있던 부관이 조심스럽게 입을 열었다.

"제 고향에서 편지가 왔는데, 고향의 남자들을 병사로 징집하느라 불만이 많다고 합니다. 많은 곳은 벌써 영지마다 100명이 넘게 끌려간 곳도 있다고 합니다."

"흐음……."

부관의 말에 나르빅은 턱수염을 쓰다듬으며 계산을 하기 시작했다.

"이 추세라면 올해가 가기 전에 중앙군만 5만이 넘게 된다. 각 영지의 영지군을 다 합치면 지금 약 5만 정도. 지리적 이점을 따진다면…… 이 사람들 내전이라도 벌일 생각인가!"

"자네들은 좀 나가있게!"

나르빅의 입에서 내전이라는 말이 나오자마자 부관은 사무실에 있던 전령들과 위병들을 모두 내보냈다.

그러는 가운데도 나르빅은 답변서에만 정신을 팔고 있었다.

"현재 가이만은 볼로뉴를 자국화하는 것 외에는 달리 여력

이 없다. 따라서…… 따라서 우리는 내전을 벌이겠다는 소리
군."

와그작!

답변서를 있는 대로 구긴 나르빅은 벽난로의 불길 속으로
답변서를 내던졌다.

"각하. 내전은 좀 무리 아니겠습니까? 이미 귀족들은 왕비
마마께 충성을 맹세했습니다."

"왕비는 왕비일 뿐 국왕은 아니지. 거기에 루비콘 후작을
비롯해 변경 귀족들에게 가해지는 압력이 장난 아니라는 소
식이다. 왕비를 비롯한 두 공작이 지방 귀족들에게 가진 적대
감은 장난이 아니야. 겉으로 보기엔 모두 왕비에게 복종하는
듯하지만, 이 상태라면 터져도 크게 터진다."

"크게 터진다면……."

"모두가 예상하는 내전이지."

똑똑똑.

"들어와!"

나르빅의 말이 떨어지자 두 명의 장교가 들어와 군례를 올
렸다.

"무엇인가?"

"루비콘 후작으로부터의 전언입니다."

"이리 주게."

후작의 서한을 건네받은 나르빅은 책상에 서한을 놓고는

다른 장교를 바라봤다.

"자네는 또 뭔가?"

"또 병사들이 죽었습니다."

"이번엔 어디인가?"

"제 23번 초소입니다."

"23번이라……."

지도를 살핀 나르빅은 23번 초소의 위치를 찾아냈다.

"이곳은 내지로 들어가는 길목에 있는 검문 초소인데? 기사들도 상주해 있지 않는가?"

"네. 기사들도 5명이 배치되어 있습니다."

"기사들도 있는데 병사들이 죽어?"

"이번에 죽은 이들은 기사들입니다. 5명 모두 기사 숙소에서 변사체로 발견되었습니다."

"뭐라!"

"여기 관련 보고서입니다."

나르빅에게 보고서를 건넨 장교는 계속해서 설명을 이었다.

"계속된 살인 사건으로 인해 병사들의 동요가 심합니다. 이미 상당수의 병사들이 전설로만 전해지던 마족의 소행이라며 신관에게 부적을 구입하고 있습니다."

"미치겠군……."

장교의 보고를 받으며 보고서를 읽던 나르빅은 머리를 긁적거리다 손짓을 했다.

"나가보게. 그리고 경계를 좀 더 강화하라고 전해."

"알겠습니다."

장교들이 다 나가자, 나르빅은 부관을 돌아봤다.

"진짜 부적이라도 사야 하나?"

"마족이라면 아이들 동화에나 나오는 이야기 아닙니까?"

"그렇지⋯⋯."

보고서를 읽던 나르빅은 골치가 아픈지 보고서를 책상 위로 던지고는 루비콘 후작이 보낸 서한을 손에 쥐었다.

서한의 봉인을 뜯고 안의 내용을 읽던 나르빅은 한숨을 쉬었다.

"이 양반은 왜 또?"

"무슨 일이십니까?"

"왕비나 후작이나 똑같은 사람들이야. 내전을 각오하고 있어."

"네?"

"왕비가 귀족들을 상대로 장난질을 쳤어. 그 유명한 왕비의 카리스마가 마법으로 만들어낸 것이라네."

"정말입니까?"

"후작이 확인을 했다고 적어놨네. 이놈들이나, 저놈들이나⋯⋯. 아니 년인가?"

루비콘 후작이 보낸 서한을 다시 읽어본 나르빅은 후작이 보낸 서한을 벽난로 속으로 집어던졌다.

"양쪽 다 제대로 일을 벌이려면 두 달은 더 필요할 것이다. 그동안 우리는 우리 문제나 신경을 쓰도록 하지. 우선은 다가올 겨울을 넘기는 것과 가이만에 대한 감시의 강화다."

"병사들의 살해 건은 어떻게 합니까?"

"무슨 흔적이라도 있어야 꼬투리를 잡지. 각 초소 간의 연락과 순찰을 강화하도록. 이미 조치가 이뤄진 곳에서 사건이 재발한 곳은 없었잖나?"

"알겠습니다."

"자네도 가서 쉬게."

나르빅 백작의 말에 부관은 군례를 취하고 나갔다. 빈 사무실에 홀로 남은 나르빅은 벽난로 속에서 잿더미가 된 종이쪼가리를 보고는 한숨을 쉬었다.

"후우~ 머저리, 병신들……."

＊　　　＊　　　＊

"꺄아악!"

"무슨 일이냐!"

일주일 뒤 이른 새벽, 나르빅 일가가 생활하는 요새 내성에 여인의 비명이 울려 퍼졌다. 나르빅을 위시로 기사들과 병사들은 복도로 튀어나와 비명소리가 난 곳이 어딘지 찾기 시작했다.

"첫째 도련님의 방이다!"

"뭐라!"

비명소리가 난 곳을 파악하자, 나르빅을 선두로 기사들이 나르빅의 장남이 있는 방으로 달렸다. 방 앞에 도착하니 먼저 왔던 병사들이 땅바닥에 무릎을 꿇고 정신없이 기도를 하고 있었다. 나르빅은 검을 뽑아 들고 방 안으로 들어섰다.

방바닥에는 의식을 잃은 하녀가 줄 끊어진 인형처럼 쓰러져 있었고, 침대 위에는 미이라처럼 말라붙은 장남 데미안의 시체가 놓여 있었다.

"데미안……."

쨍그랑!

손에 쥔 검을 바닥에 떨어뜨린 나르빅은 죽은 아들의 이름을 부르며 천천히 침대로 걸어갔고, 뒤따라 온 부관이 급히 현장 정리를 지휘했다.

"가서 마법사를 데리고 와라!"

"기절한 하녀를 끌어내!"

"저기 기도만 하는 놈들 끌고 나가!"

"기사들은 이 방의 출입을 통제하라!"

부관의 명령에 기사들과 병사들이 분주히 움직였다. 출입 통제까지 마친 부관은 나르빅 옆으로 걸어갔다.

"각하……."

“잠시 이대로 있게 해주게.”

“네, 각하.”

나르빅은 이리저리 풀어헤친 데미안의 옷을 다시 여미고
는 시트를 머리끝까지 덮어주었다.

잠시 후, 도착한 마법사는 죽은 데미안의 시체를 꼼꼼히 살
폈다.

“어떤가?”

나르빅의 물음에 마법사는 고개를 저었다.

“몸의 모든 마나와 생기가 빠져나가면서 심장마비로 사망
했습니다.”

“그렇다면 다른 사망자들과 같다는 소리인가?”

“그렇습니다.”

“소문대로 마족의 짓일까?”

“아닙니다.”

“확신하나?”

“제가 가진 마나에 걸고 맹세합니다. 마족은 아닙니다.”

“이유는?”

“사건 발생 일시와 거리를 비교하면. 한 사건이 발생한 곳
과 그다음 사건이 발생한 곳의 거리가 멀면 멀수록 사건 발생
사이의 기간이 깁니다. 즉, 이건 인간이 이동하면서 벌인 짓
입니다. 진짜 마족이 존재해 이런 참극을 만들어냈다면 거리

의 제약 따위는 받지 않았겠지요."

"그도 그렇군. 그럼 왜 이렇게 죽은 것인가?"

"아마도 마법 같습니다."

"마법?"

"약 150년 전에 어떤 미친 마법사가 이와 비슷한 생체 실험을 했다는 기록이 있습니다."

"마법이라……."

나르빅이 생각에 빠져들자 부관이 대화에 끼어들었다.

"혹시 가이만의 짓이 아닐까요? 볼로뉴의 나스호른도 원인을 알 수 없는 죽음을 당했다고 했습니다. 혹시……."

"그렇게 따지면 그런 희생을 치루면서 킴멜을 죽였을 이유가 없지 않나?"

"그도 그렇습니다만……."

"그리고 만약 그렇다면 표적이 내가 되었어야지. 뭔가 좀 아귀가 맞지를 않아……."

부관의 의견에서 오류를 찾아낸 나르빅은 미로에 빠진 느낌이었다.

"좌우지간, 좀 더 연구해서 살해 방법을 찾아봐 주게."

"알겠습니다."

마법사가 예를 취하고 나가자 나르빅은 부관을 돌아봤다.

"장례준비를 해주게. 그리고 혹시 모르니 가이만의 움직임을 잘 감시해.”

“그렇다면?”

“아냐. 여기는 볼로뉴가 아니라 모르드야. 허투루 상대할 나라가 아니지. 이쪽이나 저쪽이나 꼼수로 전쟁의 단초를 만들 수는 없어.”

“알겠습니다. 감시를 강화하라고 명하겠습니다.”

“나가 보게.”

부관이 나가고 나서도 한참 동안 나르빅은 데미안의 시체를 바라봤다. 차갑게 식은 데미안의 얼굴을 쓰다듬던 나르빅은 데미안의 머리카락을 쓰다듬었다.

“그 범인이 누구던 간에…….”

나르빅의 몸에서 뿜어 나오는 살기로 인해 방 안의 대기가 요동쳤다. 그 소용돌이의 한 가운데 선 나르빅이 데미안의 시체를 보면서 맹세를 했다.

“그 누구든 간에 너를 죽인 자는 그 배후가지 철저히 죽여주마!”

장례가 끝나고 나르빅이 생활하는 요새의 경계는 물 샐 틈이 없었다.

왕비와 후작, 기타 귀족들이 보낸 조문 사절들이 북새통을 이뤘던 요새는 다시 평소로 돌아왔지만 요소요소에 창검을 들고 경계를 서는 병사들의 눈은 날이 서 있었다.

“보름이 지났는데 아직도 무슨 마법인지 알아내지 못했나?”

“죄송합니다. 당시의 기록은 모두 소거 처리를 했기 때문에…….”

“그래도 어딘가에는 있지 않을 것 아닌가?”

“아마 모르덴그라드에는 있을 것입니다.”

마법사의 대답에 나르빅은 입을 다물었다. 한참 동안 입을 다물고 있던 나르빅은 마법사에게 나가라는 손짓을 했다.

“가서 쉬게. 수고했네. 조금만 더 노력해 주게나.”

“알겠습니다. 각하.”

예를 취한 뒤 마법사가 나가고 나르빅은 옆에 서 있는 부관에게 물었다.

“요즘은 비슷한 사건이 안 생기고 있지?”

“네, 그렇습니다.”

“그렇군…….”

작게 중얼거리던 나르빅은 부관에게 손짓을 했다.

“늦었으니 가서 쉬게.”

“쉬십시오.”

부관이 군례를 취하고 나가자 나르빅 역시 자신의 침소로 걸음을 옮겼다.

“피곤하군. 응?”

목의 근육을 어루만지며 방으로 들어서던 나르빅은 잠시 멈칫하다가 안으로 들어섰다. 방문을 닫은 나르빅은 왼손 엄지로 가드를 밀어 올리며 단 한 마디만을 내뱉었다.

"나와라."

나르빅의 말에 침대 옆에서 작은 마리가 모습을 드러냈다. 로브의 후드로 얼굴을 가린 작은 마리가 매혹적인 목소리로 물었다.

"주코프 폰 나르빅 백작님이십니까?"

"그렇다."

나르빅의 대답에 작은 마리는 후드를 뒤로 넘겼다. 로브를 여민 은색의 매듭을 풀자 로브가 흘러내리며 부드러운 은색의 실크드레스로 감싼 아름다운 몸매가 드러났다.

은발에 어울리는 은색의 드레스를 차려입은 작은 마리는 봉긋이 솟아오른 가슴을 손으로 가볍게 누르며 나르빅을 향해 몸을 굽혔다.

"처음 뵙겠습니다. 마리라고 합니다."

"만나서 반갑군."

대답을 하는 나르빅의 눈은 풀려 있었고, 가드에 가 있던 두 손은 어느새 힘없이 늘어져 있었다.

"그런데, 마리. 여기는 무슨 일로?"

"평소에 백작님을 흠모해 왔습니다. 하룻밤만이라도 백작님을 모시고 싶습니다."

앞섶의 매듭이 조금씩 풀려 하얀 가슴 둔덕을 드러낸 마리는 교묘한 손짓으로 백작을 유혹했다.

“백작님 제 손을 잡으세요.”

마리의 말에 백작의 왼손이 앞으로 나갔고, 백작의 왼손을 잡은 마리는 백작의 왼손을 자신의 가슴에 얹었다.

마리의 부드러운 가슴살의 감촉을 느낀 백작의 호흡은 점점 더 거칠어졌고, 마리는 가슴에 얹힌 백작의 왼손을 자신의 손으로 누르며 침대로 걸음을 옮겼다.

“이쪽으로…….”

나르빅 백작은 작은 마리가 이끄는 대로 비척비척 침대로 걸음을 옮겼다.

침대에 가까워질수록 둘의 거리는 점점 가까워졌고 어느 순간 백작의 눈이 차갑게 변했다.

“잡았다!”

서걱!

“아악!”

어느새 백작의 오른손에는 검이 뽑혀 있었고, 마리는 피가 뿜어져 나오는 왼팔을 오른손으로 움켜쥐고 뒤로 물러나 있었다.

“아쉽군. 잘라낼 줄 알았는데…….”

“어떻게…….”

“그 빌어먹을 국왕에게 시달렸던 내 정신이다. 이 정도의 현혹은 어린애 장난도 아냐.”

“이익!”

콰쾅!

마리가 도망을 치려고 몸을 움직이자 나르빅 백작의 검파가 도망을 치려는 마리의 앞을 가로막았다.

"꺄악!"

검파가 만들어낸 충격파에 마리는 비명을 지르며 쓰러졌고 그 앞에 선 나르빅은 잔혹한 조소를 지었다.

"자…… 어디 아가씨의 뒤는 누구인지 알아볼 일만 남았군. 보아하니 눈부신 외모에 실력도 좋은 아가씨인데, 이리 걸레로 만들어 굴리는 것을 보면 좋은 성격은 아닐 것이 확실하지만."

"이렇게 강한 인물이라는 말은……. 왕……."

"호오?"

덜컥!

"각하!"

나르빅의 침실에서 벌어진 소란에 부관과 병사들이 문을 열고 들어섰다.

"왔나? 이 여자가 그 범인이다."

"네?"

나르빅 백작의 설명에 부관과 병사들은 눈을 부릅뜨고 작은 마리를 쳐다봤다. 마리의 아름다운 외모를 보고 놀란 병사들은 자신들의 동료와 데미안을 죽인 여자란 사실을 다시 상기하고는 창을 고쳐 잡고 마리를 노려봤다.

"어디……. 아까 하다만 말이 무엇인지 말해보실까?"

"……."

작은 마리가 굳게 입을 다물고 고개를 돌리자 나르빅은 경고를 주었다.

"말하는 것이 좋을 거야. 이 친구들 독이 오를 대로 올랐거든? 수인을 맺는 양손을 자르고 이 친구들에게 노리개로 던져주면 어떻게 될까?"

"……."

그래도 마리가 굳게 입을 다물자 나르빅은 한 발 뒤로 물러섰다.

"고생을 자처하는군, 부관!"

"넷!"

"끌고……."

나르빅이 부관에게 명령을 내리는 기회를 탄 마리가 마법을 시행했다.

"플래쉬 뱅!"

파악!

"억!"

"아악!"

"눈이!"

"안 보여!"

나르빅의 침실은 순식간에 강렬한 섬광에 뒤덮였고 나르

빅을 비롯한 기사들과 병사들은 순식간에 시각을 상실했다.

본능적으로 몸을 웅크리고 방어 자세를 취한 나르빅은 서서히 시력이 돌아오자 주변을 살폈다.

"도망쳤군……."

활짝 열린 창문과 핏자국만 남은 것을 본 나르빅은 아쉽다는 듯이 혀를 찼다.

"쫓을까요?"

"됐다. 밖의 있는 병사들이 아무런 반응이 없는 것을 보면 마법사들의 특기인 하늘로 도망을 쳤겠지……."

"알겠습니다. 곧 방을 정리하겠습니다."

"우선 회의실로 지휘관들을 모아주게."

"부탁하지."

나르빅이 밖으로 나가자 부관은 병사들에게 명령을 내리기 시작했다.

*　　　*　　　*

"마, 마스터……."

숲에 임시로 만들어진 은신처에서 작은 마리를 기다리던 아이히만은 마리가 비틀거리면서 들어서자 허겁지겁 마리에게 달려갔다.

"이게 어떻게 된 일이지?"

"실패했습니다. 마스터."

"실패?"

"나르빅이 마법에 넘어가지 않았습니다."

"자세히 설명해 보거라."

"마법을 걸었으나…… 그의 정신…… 력은…… 우…… 선은 마, 마스터가 말한…… 대로……."

작은 마리의 상처는 생각하지도 않고 보고만을 듣던 아이히만은 대답을 하던 작은 마리가 의식을 잃고 쓰러지자, 급히 작은 마리를 안아 들었다.

그제야 로브 안의 상처를 본 아이히만은 혀를 찼다.

"아슬아슬했군. 조금만 더 깊었다면 팔이 잘려 나갔을 거야. 큭큭큭…… 아직은 쓸모가 많은 아이인데 이렇게 쉽게 잃을 수는 없지."

급히 주문을 외워 상처의 출혈을 막은 아이히만은 작은 마리를 들고 캠프 안쪽으로 들어섰다.

"아직 쓸 만한 시험체를 새로 구하지 못했으니 아껴서 써먹어야겠지……. 큭큭큭…… 아주 재미있는 결과들만을 보여주는구나. 앞으로도 재미있겠어……."

한편, 병사들이 현장정리를 하는 동안 나르빅은 홀로 회의실에 앉아 생각을 정리하고 있었다.

"도대체 그 '왕……' 이란 말의 뒤에 붙는 것은 무엇이었을까?"

작은 마리가 남기고 간 단서를 곱씹으며 나르빅은 생각에 생각을 곱씹었다.

"가이만일까? 아니야……. 지금 내가 죽는다고 해도 가이만은 쓸 카드가 별로 없어. 드레이크가 있다 해도 병력이 충분하지가 못해. 그럼 누구지?"

한참 동안 생각을 하던 나르빅은 데미안이 죽었을 때 마법사가 했던 말을 떠올렸다.

"왕립학회엔 그와 비슷한 마법에 관한 기록이 있다고 했다. 거기에 여자 마법사……. 왕비가 학회의 수장을 겸임하면서 그녀를 우상시하는 여자 마법사들이 엄청 늘었다고 했어……. 그녀가 말하면 목숨까지도 내걸 미친년들이 많다고 그랬지?"

톡톡톡.

손가락으로 회의실의 테이블을 두들기며 나르빅은 계속해서 자문과 답변을 이어갔다.

"하지만 그녀도 가이만과의 국경에서 내가 갖는 위치를 모르지 않아……. 그렇지만 그녀가 심어놓은 눈과 귀라면 내가 후작과 연락이 닿고 있는 것을 알 수 있을 터. 그렇다면 왜 곧장 나를 상대하지 않고 주변을 빙빙 돈 것이지? 경고? 경고! 그래서 나 대신에 데미안을 선택한 것이로군!"

계속해서 자문을 반복하던 나르빅은 마침내 결론을 내렸다.

"빌어먹을 년! 나를 우습게 본 것인가!"

"각하! 모든 정리가 끝냈습니다!"

"부관! 해가 뜨는 즉시 기사단을 준비하라!"

"네?"

"전쟁이다!"

나르빅의 외침에 부관은 곧 정신을 차리고 되물었다.

"누구와 말입니까?"

"왕비와 그 떨거지들을 족친다!"

"각하!"

"이 모든 것은 왕비의 농간이다! 그러면 모든 것이 설명돼! 전통적인 귀족들과 군부 계급을 밀어내고 자신들의 수족으로 왕국을 움켜쥐려는 왕비의 농간이야!"

"각……."

뭐라 말하려던 부관은 표정을 가다듬고 나르빅에게 물었다.

"알겠습니다. 각하. 그러면 국경은 포기하실 것입니까?"

"아니! 국경은 현상태를 유지한다! 나와 함께 갈 병력은 제1기사단과 제4기사단으로 선정! 나머지는 국경을 지킨다!"

"만약 가이만이 쳐들어오면 어떻게 합니까?"

"청야전술을 펼친다. 후방으로 10일 거리 내의 모든 마을을 소개한다!"

"피해가 클 텐데요?"

"이 요새만을 고집할 필요는 없다. 여기서 사흘만 버티고, 그다음에는 유격전과 청야작전을 병행한다. 내 부하들이라면 가능하다."

"꼭 결행을 하셔야만 하겠습니까?"

"이것은 왕비가 먼저 시작한 일이야. 자신들의 권력을 유지하는 것에만 몰두해 국경을 소홀히 하고 있다. 내 그들에게 단단히 죄를 물을 것이야!"

단호한 나르빅의 태도에 부관은 한숨을 쉬었다.

"알겠습니다. 곧 모든 병사들에게 준비를 시키겠습니다."

"출발 한 시간 전에 모든 지휘관들을 소집하도록!"

"알겠습니다."

부관이 군례를 취하고 나가자 나르빅은 지도에 그려진 모르덴그라드를 노려보았다.

"당신들이 내전을 자초했소. 그 결말이 어떻게 되는지 확실하게 보여주지."

다음날 아침, 요새의 성문이 열리고 나르빅의 지휘 아래 두 개의 기사단이 먼지를 일으키며 요새를 빠져나갔다. 요새의 지휘를 맡은 나르빅의 둘째 아들 루터는 하늘을 올려다봤다.

"하필이라면 내전이라니……. 신이여, 조국을 보호하소서."

"허억!"

다친 상처에 붕대를 감고 혼수상태에 빠졌던 작은 마리는 무엇에라도 놀란 사람처럼 급히 숨을 쉬며 자리를 박차고 일어났다. 의식을 차렸음에도 작은 마리의 눈은 공허하게 풀려 있었고 눈물이 주르륵 흘러내리고 있었다.

"보리스……."

하지만 곧 눈물은 멈추었고 작은 마리는 스스로에게 되물 었다.

"보리스? 그게 누구?"

자신의 물음에 작은 마리는 힘없이 대꾸했다.

"몰라……. 누구인지 형체만 보일 뿐이야……."

완전히 의식을 차린 작은 마리는 침대에서 일어났다.

실오라기 하나 걸치지 않은 벌거벗은 몸이었지만 마리는 개의치 않고 텐트 밖으로 나섰다.

외부 한쪽에 따로 쳐진 또 다른 텐트 앞으로 간 마리의 눈에 안에서 무엇인가를 적으며 연구를 하는 아이히만의 모습이 들어왔다.

마리의 눈에 순간적으로 살기가 솟았지만, 곧 다시 공허한 눈빛이 띠었다. 인기척을 느낀 아이히만은 텐트 앞에 서 있는 작은 마리를 보고 의자에서 일어났다.

"일어났느냐?"

"네, 마스터."

"흐음…… 어디……."

아이히만은 벌거벗은 작은 마리의 몸 주위를 한 바퀴 돌며 마리의 상태를 살폈다. 꼼꼼히 마리의 신체를 살피던 아이히만은 붕대로 가려진 작은 마리의 상처를 힘껏 움켜쥐었다.

"아악!"

강한 통증에 비명을 지르는 작은 마리, 아이히만은 혀를 찼다.

"아직 완전히 낫진 않았군. 어디……."

"하윽!"

아이히만이 작은 마리의 은밀한 부분에 손가락을 대자, 작은 마리는 몸을 비틀며 신음을 흘렸다. 손가락을 뺀 아이히만은 계속해서 혀를 찼다.

"쯧쯧……. 다른 부분은 다 괜찮은데 팔이 문제로군……."

자신의 텐트로 돌아간 아이히만은 선홍색의 액체가 든 유리병을 꺼내 작은 마리에게 건넸다.

"마셔라. 마시고 상처를 완전히 회복시켜라."

"네, 마스터."

아이히만이 준 포션을 마신 작은 마리는 스스로 자신의 상처에 치유주문을 걸었다.

"에잉……. 고민이군……. 앞으로 내 서클을 더 올리자면 마나가 더 필요한데 저렇게 다치고 돌아오니……. 안 다치게 하자면 마나를 모으는 효율이 떨어지고, 죽이자니 아깝고 써 먹자니 들어가는 비용이 만만치 않고……. 나중에 데이터가 확보되면 1회용으로 써 먹을 실험체를 구해야겠어."

그렇게 투덜거리던 아이히만은 신경질적으로 손짓을 했다.

"가서 옷 입고 짐을 챙겨라! 이곳을 뜬다."

"네, 마스터."

옷을 챙겨 입은 작은 마리가 마차에 짐을 챙기는 동안 아이히만은 지도를 살폈다.

"패밀리어가 보낸 정보를 보면 나르빅이 루비콘 후작에게 갔으니 곧 내전이 벌어질텐데. 이번엔 또 어디로 가나? 가이만으로 가자니 마치루스가 걸리는데……. 제국들로 가볼까? 완전히 7서클로 올라가기 전에는 제대로 대접을 받지도 못할텐데……."

"준비가 다 끝났습니다, 마스터."

"그럼 뭐해? 다 끝났으면 움직여야지!"

"죄송합니다. 마스터."

"이잉…… 마법 외에는 하라는 것만 하니……. 너무 설정을 강화시켰나? 이 걸레 년아! 빨리 마차를 몰아!"

"죄송합니다, 마스터."

"에잉…… 밥버러지……."

마차 뒤에 마련해 둔 안락의자에 앉은 아이히만은 계속 지도를 살폈다. 한참 동안 지도를 살피던 아이히만이 곧 결론을 내렸다.

"불구경만큼 재미있는 것이 싸움구경이라지? 당분간은 이 모르드 왕국의 내전이나 구경해야겠군. 어디보자…… 여기 마하트와 모르드의 국경지대가 좋겠군. 어중간하니 실험을 계속하기도 좋고……."

결정을 내린 아이히만은 지도를 가방에 넣고는 하얀 가루가 들은 유리병을 꺼냈다.

한쪽 나무 상자위에 유리판을 깔은 아이히만은 유리병에 들은 하얀 가루를 유리판 위에 길게 뿌리고는 작은 대롱을 이용해 가루를 콧속으로 흡입했다.

"흐읍! 후우~."

가루를 빨아들이고 얼마 후, 아이히만은 몽롱한 눈으로 하늘을 쳐다봤다.

"후후…… 보인다, 보여. 나를 핍박했던 나라들의 최후가……. 자기들의 학회 출신이 아니라고 무시했던 모르드의 마법사놈들은 내전의 불구덩이에 타죽는구나……. 살아남아도 그때는 가이만의 의해 불구덩이에 들어가는구나……. 그 다음에는 마하트……. 그 잘난 마지노가 내 손에 의해 무너지고……. 제 놈들 잘났다고 설치던 세 나라가 상잔을 벌이는구나…… 킥킥킥."

환각에 빠져 허우적거리던 아이히만은 핏발이 선 눈을 돌려 마차를 모는 작은 마리의 등을 바라봤다.

"마리, 마차를 세워라."

"네, 마스터."

마리가 마차를 세우자 아이히만은 마리에게 손짓을 했다.

"이리 와라."

"네, 마스터."

마리가 바로 옆으로 자리를 옮기자 아이히만은 다시 명령을 내렸다.

"벗어라."

"네, 마스터."

한낮의 태양이 늦가을의 들판을 달구는 가운데 마차 안에서는 아이히만과 작은 마리의 신음 소리가 흘러나왔다.

"허억…… 크하하! 나를 욕하고 저주했던 놈들…… 모두…… 허억……. 내 손에 의해 불구덩이에 던져질 것이다!"

"하악…… 마스터……. 아파……."

"하하하하!"

4장
모르드의 내전

Hunter
Age

모르드의 내전

루비콘 후작과 나르빅 백작을 중심으로 한 국경과 지방의 영주들이 왕비를 향해 칼을 들자마자, 모르드는 중앙과 지방으로 나뉘어 내전에 빠져들었다.

지난 100년 동안 권력의 중심이었던 두 공작과 왕비, 그리고 자유도시들을 주축으로 한 중앙과 지방에서 누대에 걸친 권력을 유지해 온 귀족들은 왕국 여기저기에서 유혈극을 벌이고 있었다.

어제 자유도시 하나가 지방파의 공격에 의해 불탔다면 오늘은 지방의 영지 하나가 중앙군의 손에 의해 잿더미로 변했다.

처음에는 자의 반, 타의 반으로 끌려왔던 병사들은 고향의 소식을 들으며 증오를 키워 나갔고 그것은 점점 더 큰 비극을 만들어냈다.

"불이야!"

"무너진다!"

내전이 벌어지기 전까지는, 왕국의 그저 그런 소규모 도시였던 자유도시 하나가 마지막 숨을 몰아쉬고 있었다.

여기저기서 타오르는 불길 속에 도시민들은 군인들의 폭력을 피해 비명을 지르며 도망치고 있었다. 불이 붙은 건물들의 불을 끄기 위해 애를 쓰던 시민들은, 지방파 귀족들의 병사들이 들이치자 비명을 지르며 이리저리 흩어졌다.

"군인들이다!"

불난 집에서 세간을 꺼내던 주인일가는 다가오는 군인들을 보자, 손에 들고 있던 세간을 집어던지고 군인들의 반대쪽으로 달렸다. 하지만 사람들을 발견한 군인들은 먹이를 발견한 맹수처럼 달려들었다.

"잡아라!"

"반역도들이다! 죽여 버려!"

히힝!

"아악!"

달리다 발이 엉켜 넘어진 사람들은 군마의 발굽에 짓이겨졌고 다른 사람들 역시 군인들에게 잡혔다.

“살려…… 컥!”

“남자들은 모두 죽여!”

“아악!”

“꺄악! 살려주세요!”

“엄마!”

“이리 와!”

“킥킥킥!”

군인들에게 포위된 사람들 가운데 남자들은 군인들의 칼에 쓰러져 나갔고 여자들은 군인들에게 머리채를 잡혀 빈집으로 끌려들어갔다.

병사들은 발버둥치는 여자들을 질질 끌고 가며 좋아라 웃어댔다.

“어이 빨리 끝내!”

“다음은 나라는 사실 잊지 마!”

“꺄아악!”

여자들이 끌려 들어간 빈 집에선 곧 여자들의 비명이 흘러나왔고 몇 명의 병사들이 교대로 들락거렸다.

“재미 다 봤냐?”

“헤헤헤…….”

뒤이어 도착한 장교의 물음에 병사들은 비릿하게 웃었다. 병사들의 웃음을 본 장교는 다시 물었다.

“뒤처리는 제대로 했지?”

“네!”

“식량들은 확보했나?”

“네!”

“그럼 불을 질러라!”

장교의 명령에 병사들은 기름을 가져와 집들에 끼얹고는 횃불을 던졌다.

화르륵!

기름에 붙은 불이 거세게 타오르며 불쌍한 민간인들의 집과 폭력의 희생자들을 함께 태워나갔다.

“다음 골목으로 이동한다!”

“네! 이동!”

“이봐! 다음은 내가 먼저야!”

“알아서 해라!”

명령을 받은 병사들이 음담패설을 지껄이며 사라지자, 현장을 한 바퀴 살핀 장교 역시 말에 올랐다. 장교의 말안장 옆에 달린 자루의 주둥이 사이로 은제식기가 빼꼼히 모습을 보이고 있었다.

“도적들이 따로 없군요.”

먼저 진입한 병사들의 뒤를 따라 도시에 진입한 지휘관들은 눈앞에 벌어진 참극을 보면서 눈살을 찌푸렸다.

“내전 발발 2년 만에 군기는 어디 가고 도적집단으로 변하다니…….”

“그래도 어쩔 수가 없지 않소? 지난 2년간의 내전으로 보급이 쉽지 않소. 저렇게 해서라도 보급을 하는 수밖에 없지 않소?”

“후우~. 하지만 더 이상 군기가 유지되지 않는다면 명령체계를 유지할 수 없소이다.”

“그때는 일벌백계의 교훈을 줘야겠지요. 한 100명 정도 목을 매달면 말을 듣겠지.”

“빌어먹을 중앙파……. 이제는 항복을 할 때가 되었는데…….”

“그쪽에서는 또 그쪽대로 할 말이 많겠지요. 그 망할 마법사들의 지원 덕분에 우리들의 보급로가 엉망이 되어버렸으니까.”

“대화는 그만. 후속부대를 진입시키시오. 그들도 기다리고 있을 테니 적당히 식량을 보급해야 불만이 없을 것이오.”

“알겠습니다. 남작 각하. 전령!”

부대의 총지휘를 맡은 남작의 명령에 지휘관 하나가 전령을 불렀다. 명령을 받은 전령이 사라지고 얼마 후, 또 다른 부대들이 함성을 지르며 도시로 난입해 들어갔다.

다시금 하늘을 찢는 병사들의 함성과 사람들의 비명소리를 들으며 남작은 하늘을 쳐다봤다.

“지옥이 따로 없군…….”

"현재의 전세는 어떠하오?"

모르덴그라드의 왕궁에서 루나왕비는 최고지휘관들에게 전황을 물었다.

"망극하옵니다. 왕비마마. 별로 좋지가 않습니다."

왕비의 물음에 회의실에 앉아 있던 지휘관 하나가 고개를 조아리며 대답했다.

"좋지가 않다? 이미 전쟁이 벌어진 지 2년이나 지났소. 그런데도 저 반도들을 쓸어버리지 못하고 있는 것이란 말이오! 단지 죄송하다는 말로 끝날 일이오?"

"면목 없습니다……."

"어디 한 번 대답을 들어봅시다. 내전이 처음 벌어졌을 때, 중앙군의 병력은 4만, 저들은 2만5천밖에 되지를 않았소! 그런데도 여전히 저들에게서 승기를 잡지도 못하고 있고, 2년 동안 질질 끌려 다니고만 있는 이유가 무엇이오!"

"그것이 중앙군이 수적으로는 우세했으나……. 내전이 벌어지는 시점에 반군과 달리 분산되어 있던 상태로 각개격파를 당했기 때문에……."

"그렇다면 그 후에 새로이 4만을 충원했고, 지금도 계속 충원을 하고 있는 데도 부진을 면치 못하는 이유는 무엇이오!"

"그것이 반도들도 새로이 병력을 충원했고, 저들의 상당수가 경험 많은 고참병인 반면에 아군은 초반 상실한 고참병들의 빈자리를 제대로 채우지 못해서……."

"듣기 싫소! 이 서류들을 보시오!"

지휘관들의 변명을 매몰차게 끊은 루나는 한 뭉치의 서류 더미를 테이블 위로 집어던졌다.

"각 지방의 지방관들에게서 올라온 보고서들이오! 농촌에 농사를 지을 농민들이 없고, 밭에 뿌릴 종자가 없다고 하오! 올해는 2년 전 대비 30%의 식량밖에 수확을 할 수 없을 것 같다는 보고요! 그것도 우리의 군대가 무사히 저들을 막았을 경우에나 간신히 30%를 채울 수 있다는 소리요!"

"면목이 없습니다."

"에이!"

잔뜩 주눅이 들은 지휘관들이 자라목이 되어 대답하자 루나는 짜증을 내며 고개를 돌렸다.

한참 동안 씨근거리던 루나는 화를 가라앉히며 회의를 계속했다.

"지금까지의 결과가 어떠했든 우리에겐 시간이 없소이다. 반도들의 후방을 교란했던 마법병단은 이미 전멸상태이고, 국경 너머의 가이만은 슬슬 기지개를 키려하고 있소. 빨리 저 역도들을 처리하지 못하면 왕국의 존망이 위태롭소이다. 병력의 수급은 어떠하오?"

"그것이 병사로 써먹기 좋은 나이 때의 장정들은 이미 대다수가 징집이 된 상태입니다. 추가로 징집을 하려 했으나 많은 수의 농민들과 시민들이 유민이 된 상태라……."

병력의 수급을 담당한 지휘관의 보고에 루나는 고개를 숙이고 관자놀이를 주물렀다.

"지금 징집 대상의 연령이 어떻게 되오?"

"17세부터 40세까지입니다."

"14세부터 50세까지로 늘리시오. 그리고 유민들을 정착시켜 징집대상을 확보하시오."

"하오나……."

"지금은 비상시국이오!"

"알겠습니다, 마마."

"확실한 병력의 우위를 가지고 저들을 단번에 압도하여야 합니다. 그것도 가이만 국경지대에 주둔한 병력들이 투입되기 전에 말이오!"

"알겠습니다."

"빌어먹을 나르빅 백작……."

루나는 지방파 귀족 군대의 사령관을 맡고 있는 나르빅 백작을 향하여 저주를 퍼부었다.

자신이 백작을 모살하려 했다는 말도 안 되는 이유를 들며 반란의 선봉이 된 나르빅 후작은 잘 조련된 그의 기사단과 병력들을 이용해 중앙군을 괴롭히고 있었다.

물론 가이만을 의식해 휘하병력의 대다수는 국경지대에 묶여 있었지만 그것은 겉으로만 보이는 상황이었고, 상당수의 병력이 국경요새와 전선을 교대로 왕복하며 전투에 참여하고 있었다.

"그래……. 나르빅 백작의 추적은 확실하게 하고 있소?"

"최선을 다해 추적하고 있습니다."

"그자를 반드시 잡아야 하오. 비겁한 작자. 마스터이면서도 정규전이 아니라 비정규전을 선택하다니……."

나르빅 백작은 개전초기 단 한 번의 총공세를 빼고는 직속 기사단만을 데리고 중앙정부의 주요 보급거점과 후방을 들쑤시고 다니고 있었다.

중앙군은 그런 그를 잡기 위하여 모든 노력을 경주했지만, 나르빅은 기사단이 가진 기동력의 잇점을 살려 종횡무진으로 휘젓고 다녔다.

그 결과, 중앙군이 겪는 애로사항의 태반은 나르빅이 만들어낸 결과였다.

똑똑똑.

"들어와!"

노크소리와 함께 들어온 장교는 군례를 취하고는 정보담당 지휘관에게 작은 쪽지를 건넸다.

쪽지를 받은 정보 담당 지휘관은 쪽지에 적힌 내용을 보고는 곧 얼굴에 화색이 돌았다.

"마마, 낭보이옵니다!"

"낭보?"

루나의 물음에 정보담당 지휘관은 쪽지의 내용을 보고했다.

"나르빅의 흔적을 잡았습니다. 지금 추적중이라고 합니다!"

"그렇소이까?"

뜻하지 않게 들려온 낭보에 루나와 다른 지휘관들의 얼굴은 환하게 밝아졌다. 쪽지를 손에 쥔 지휘관이 벽에 걸린 지도의 한 구석을 지휘봉으로 가리켰다.

"현재, 모르덴그라드 동남방 300km지점에 있다고 합니다. 진행방향과 속도로 봐서 일주일 뒤에는 북쪽으로 100km 지점 위인 이곳에 위치할 것으로 보입니다."

"그곳은 제27보급기지가 있는 곳입니다. 아직까지 공격을 받지 않은 몇 안 되는 보급기지입니다."

"요격 가능하겠소?"

루나의 물음에 다른 지휘관이 부지런히 서류와 지도를 뒤적였다. 원하는 답을 찾은 지휘관이 자리에서 일어나 지도로 걸어갔다.

"가능합니다. 그곳에서 50km 떨어진 곳으로 산맥이 지나가고 있습니다. 그 산맥을 건너 보급기지로 갈 수 있는 길은 이 협곡을 지나는 길 뿐입니다. 남은 마법병단과 기사단, 레인저들을 동원한다면 충분히 요격할 수 있습니다!"

"좋소. 여러분."

루나는 지휘관들을 돌아보았다. 지휘관들의 시선이 모이자, 루나는 자신의 결심을 밝혔다.

"이번에는 무슨 일이 있어도 나르빅을 잡아야 하오. 죽여도 좋소. 반드시 잡으시오."

"하지만, 마마. 나르빅이 없으면 국경은……."

"그렇다고 그를 그냥 놔둘 수는 없지 않소?"

루나의 질문에 지휘관들은 침묵으로 대답했다. 루나는 단호하게 지휘관들에게 명령을 내렸다.

"답은 하나요. 나르빅을 반드시 잡으시오. 잡을 수 없다면 죽이시오."

"알겠습니다."

지휘관들의 대답을 들은 루나는 자리에서 일어났다.

"좋은 소식을 기대하겠소. 만약 실패한다면 경들에게 그 책임을 묻겠소."

강한 경고를 남기고 루나가 회의실을 빠져나가자 지휘관들은 길게 한숨을 쉬었다.

침묵만이 감도는 회의실에서 누군가가 작게 중얼거렸다.

"신이시여……."

"조금 있으면 슈테판 회랑입니다."

"척후는 확실하게 했겠지?"

"네, 각하."

부관의 보고에 나르빅은 고개를 끄덕이고는 뒤를 향해 외쳤다.

"저 회랑을 지나면 곧 우리의 목적지다! 모두 힘을 내라!"

"우오!"

부하들의 외침을 들은 나르빅은 말 위에서 자세를 바로하고 회랑을 쳐다봤다. 옆에서 나르빅을 따르던 부관이 질문을 했다.

"각하, 부하들의 사기가 조금 떨어졌습니다."

"왜?"

"따른 기사들과 병사들은 전선에서 피 흘리며 건곤일척의 혈투를 벌이고 있는데 자신들은 이렇게 후방만을 돌고 있다고……."

"흥!"

부관의 말에 나르빅은 코웃음을 쳤다.

"여기가 후방이라고? 여기는 최전선이야. 다른 놈들이 뒤쳐진 거지. 그리고 중앙파 놈들의 먹거리를 쥐고 흔들어야 저 놈들의 기를 꺾을 수 있어."

"하지만 마스터이신 각하의 위명에 흠집이 간다고……."

"지난 가이만-볼로뉴 전쟁에서 누가 그랬다지? 마스터의 한계는 수백이라고. 나도 그 점에는 동의하는 바야. 마스터가 아무리 날고 기어도 인간이니만큼 지치고, 배고프고, 다치면 피 흘리지. 나는 내가 최고의 위력을 발휘할 수 있는 전장을 골라 싸우는 것뿐이야.”

“마스터를 목표로 하는 후진들이 들으면 슬퍼하겠군요.”

“시대가 변하고 있으니까. 시대가 변할수록 마스터의 가치는 조금씩 떨어지겠지. 한 명의 마스터보다 잘 조련된 1000명의 기사와 1만의병사들이 더 가치를 가지게 된 세상이야.”

“설마요?”

“불과 100년 전에는 3000명의 병사와 30명의 기사를 동원할 수만 있어도 강국이라고 했네. 지금은 어떤가? 이 빌어먹을 내전에서 동원된 숫자만 양쪽 합쳐 10만이 넘어.”

나르빅은 설명을 하다가 쓰게 웃었다.

“게다가 이 소드 마스터란 놈을 키우는데 들어가는 돈은 장난 아니지.”

그렇게 대화를 나누는 가운데 나르빅과 기사단은 회랑 입구에 도착했다. 기사단은 경계를 강화하고 회랑을 통과하기 시작했다.

회랑의 정상을 통과하고 내리막길로 접어들자 기사단의 긴장도 조금씩 풀어졌다.

“긴장을 늦추지 마라!”

나르빅이 주의를 환기하자 기사들은 다시금 눈을 또렷이 뜨고 주변을 살폈다.

그렇게 무사히 회랑을 내려가, 회랑의 출구가 보이기 시작하자 나르빅은 조금 안도하는 표정을 지었다.

“고비를 넘겼나?”

그렇게 나르빅과 기사단이 회랑을 내려와, 출구에 면한 숲에 전부 들어서자 숲에서 고함 소리가 터져 나왔다.

“공격!”

쉬쉬쉭!

고함과 동시에 숲 여기저기에서 레인저들이 모습을 드러내고 나르빅과 기사들에게 화살을 쏘아대기 시작했다.

“기습이다!”

“방패를 들어라!”

“아악!”

히히힝!

“말을 노려라!”

“발을 묶어!”

불의의 기습에 기사들은 다급히 방패를 들어 몸을 가렸지만, 불운한 몇몇은 비명을 지르며 바닥을 굴렀다.

방어에 성공한 기사들이 말을 몰고 함정을 벗어나려 하자 화살들은 말을 노렸다. 구슬픈 비명과 함께 절반 이상의 기사들이 말을 잃자 나르빅은 결단을 내렸다.

“모두 말에서 내린다! 숲에 숨은 놈들을 조지고 저들의 말을 탈취한다!”

“우오!”

나르빅이 먼저 날듯이 말에서 내리자, 기사들 역시 말에서 내려 숲을 향해 돌진했다.

레인저들이 쏘아대는 화살을 방패로 가리며 기사들이 숲으로 달려들자 반대편 숲에 숨어 거리를 확보한 마법사들이 몸을 드러냈다.

마법사들이 주문을 외우면서 마나가 움직이는 것을 감지한 나르빅이 재빨리 몸을 날리며 경고를 주었다.

"마법사다! 모두 주의!"

"파이어볼!"

"채인 라이트닝!"

"매직 미사일!"

"아이스 볼트!"

"파이어 볼트!"

나르빅의 경고의 뒤를 이어 각양각색의 마법들이 기사단을 덮쳤고, 기사들은 앞뒤로 가해지는 공격에 정신을 차리지 못하고 우왕좌왕하면서 목숨을 잃거나 부상을 입었다.

"아악!"

"방패를 들어라!"

"끄아악!"

"레인저부터 잡아라!"

명령과 동시에 숲에 뛰어든 나르빅은 눈앞에 보이는 레인저를 향해 칼을 휘둘렀다.

"크악!"

“죽어!”

“아악!”

몇 명의 레인저들을 죽인 나르빅은 다시금 기사들을 향해 고함을 쳤다.

“뭣들 하나! 숲으로 뛰어들어! 레인저부터 죽여라!”

나르빅의 호통에 가까스로 협공을 피한 기사들은 숲에서 활을 쏘는 레인저들을 향해 달렸다.

하지만 레인저들은 조를 짜서 조직적인 공격과 방어를 하면서 차근차근 뒤로 물러나기 시작했고, 그런 레인저들을 향해 나르빅이 홀로 공격을 퍼부었다.

서걱!

“아악!”

나르빅 혼자 기십 명의 레인저들을 죽여 나가자, 숲 한쪽에서 지휘를 하던 레인저 장교 하나가 혀를 찼다.

“역시 마스터란 말인가? 병력을 더 투입한다!”

장교의 명령에 숲 여기저기에 숨어 대기하던 레인저들이 모습을 드러내고 나르빅을 향해 화살을 쏘기 시작했다.

“흥! 어림없다!”

나르빅은 코웃음을 치며 나무들 사이로 쉴 틈 없이 날아오는 화살들을 쳐내고, 피하면서 다시 레인저들을 주살하기 시작했다.

그때, 반대편 숲에 있던 마법사들이 나무 위에서 나르빅에게 공격을 퍼부었다.

"파이어 볼!"

"홀드!"

"크윽!"

자신을 향해 날아온 화염구를 쳐내는 순간 몸이 마비된 나르빅은, 이를 악물고 몸의 마나를 회전시켜 포박을 풀려했지만 또 다른 마법사들이 그에게 계속해서 포박주문을 걸어댔다.

"각하를 구하라!"

"각하를 구하라!"

나르빅의 위기를 본 기사들은 자신들의 생명은 돌보지 않고 나르빅을 구하기 위해 레인저들과 마법사들에게 덤벼들었다.

"숲에선 왜 레인저가 최강인지 보여주어라!"

"우아!"

"죽어!"

쉿! 쉬쉿!

"파이어 볼!"

"단검을 날려라!"

피웅!

살아남은 기사들의 공세에 레인저들은 화살을 날리고 마법사들은 마법공격을 퍼부었다.

기사들은 화살을 쳐내거나 피하고, 또 다른 기사들은 마법
사들에게 단검을 날려 마법사들이 주문을 외우지 못하도록
만들며 나르빅에게 접근해 들어갔다.

하지만 나르빅과의 거리가 가까워질수록 살아남은 기사들
의 수는 점점 줄어만 갔고, 마침내 부관을 포함한 다섯 기사
만이 나르빅을 둘러싸고 방어진을 쳤다.

"허억 허억……. 각하…… 헉…… 괜찮으십니까?"

"나는 괜찮은데, 자네들이 문제로군."

피칠갑을 하고 한두 군데씩은 화살이 꽂혀있는 부하들을
본 나르빅의 대답에 부관은 피식 웃었다.

"이 정도는 문제없습니다. 그런데 운이 없었군요."

"아아……."

주변을 둘러싼 레인저들과 마법사를 본 부관은 등 뒤에 선
나르빅에게 작별인사를 건넸다.

"각하를 모셔 영광이었습니다."

부관의 뒤를 따라 기사들 역시 나르빅에게 작별인사를 했
다.

"각하를 모셔 영광이었습니다."

"떨거지들을 처리해라!"

지휘관의 명령에 레인저들을 활을 들어 다섯 기사를 겨누
고는 시위를 놓았다.

쉬쉬쉭!

수백발의 화살들이 다섯 기사를 고슴도치처럼 만들었고, 화살받이가 된 다섯 기사들은 땅에 쓰러져 차갑게 식어갔다.

마침내 나르빅 혼자만이 남자 중아에서 파견된 지휘관이 앞으로 나왔다.

"섭정이신 루나 왕비 마마의 명령이오. 주코프 폰 나르빅 백작은 즉시 무기를 놓고 항복하시오. 경이 이 내전에서 물러나 국경을 지키는 본연의 임무를 수행한다면 왕비 마마께서는 아무 죄도 묻지 않겠다고 하시었소."

지휘관의 전언에 나르빅은 피식 웃었다.

"죄를 묻지 않겠다? 자신의 죄는 생각지도 않는 것인가? 누가 누구의 죄를 묻는다는 것이지?"

"불경하다! 만약 가이만이라는 대적이 없었다면 경의 죄는 능지처참을 해도 모자랄 중죄라는 것을 모르시오?"

지휘관의 호통에 나르빅 역시 크게 고함을 쳤다.

"내가! 천하의 이 나르빅이! 겨우 집 지키는 개로밖에 안 보이는가! 우리의 허물만 보이고 그대들의 허물은 안 보인단 말인가!"

"닥쳐라!"

"이 나르빅! 전장에서의 죽음을 원했지, 충직한 충견으로서의 죽음은 원치 않았다! 내 죽음은 내가 원하는 방식으로 정해질 것이다! 으아아아!"

나르빅은 기합을 내지르며 온몸의 마나를 있는 힘껏 끌어

올렸다. 그와 동시에 마법사들이 건 포박이 깨져나가기 시작
했다.

"마법이 깨진다!"

"다시 포박하라!"

"무리입니다!"

"소용이 없습니다!"

마법사들의 대답에 지휘관은 입술을 깨물고는 오른손을
위로 들었다.

"어쩔 수 없군. 나르빅을 죽여라!"

그의 손이 아래로 내려가자 레인저들이 쏜 화살이 나르빅
에게 날아들었다. 뒤를 이어 마법사들의 마법공격이 나르빅
을 강타했다.

*　　　*　　　*

나르빅의 죽음은 모르드 전체를 뒤흔들었다.

"소문이 사실입니까!"

루비콘 후작의 지휘본부에 모여들은 귀족들은 루비콘 후
작에게 진위여부를 계속해서 따져 물었다.

귀족들의 질문에 루비콘 후작은 고개를 끄덕였다.

"사실이오."

루비콘 후작의 대답을 들은 귀족들은 황망한 표정을 지

었다.

"어찌 이런 일이……."

"왕비가 미쳤단 말인가……."

그런 대화가 오가는 가운데 몇몇 귀족은 속으로 다시 손익 계산을 하기 시작했다. 그런 귀족들의 동요를 파악한 루비콘이 서둘러 입을 열었다.

"경들도 알다시피 이번 전쟁의 주역은 우리요. 죽은 나르빅 백작이 중앙파 놈들의 뒤를 휘젓고 다녔다고 했지만, 모든 주요 전투는 나와 여기 모인 경들의 힘만으로 치렀소. 그 점을 잊지 마시오."

"하지만……."

"이번 전쟁에서 나르빅 백작의 도움이 얼마나 있었소? 국경을 방어한다는 미명하에 자신의 병력은 전혀 손대지 않고 기껏해야 일, 이천의 병사만 찔끔찔끔 동원했을 뿐이오. 그것뿐이오? 전쟁이 좀 길어질 것 같으니 적 후방을 친다면서 중요 전투에는 한 번도 참가하지 않았소이다. 그런 나르빅의 행태는 왕국을 지키는 소드 마스터란 자가 할 짓이 아니오."

루비콘 후작의 강한 비판에 귀족들은 고개를 끄덕였다.

그들 역시 사석에선 비슷한 어조로 나르빅을 비판했었기에 나르빅의 상실감은 곧 귀족들의 뇌리에서 빠르게 사라져 갔다.

"하지만 왕비의 공세가 심해질 것입니다."

"그것은 알고 있소. 세작들이 보낸 정보에 따르면 중앙파
놈들은 13살부터 50살까지의 남자들을 모조리 징병한다는
소문이오."

"그럼 우리는 어떻게 해야 합니까?"

"우리 역시 마찬가지로 병력을 모아야겠지요."

루비콘 후작의 말에 귀족들의 얼굴이 찡그러졌다.

"피해가 클 것입니다."

귀족들의 반론에 루비콘 후작은 손을 들었다.

"어쩔 수 없소. 왕비는 나르빅을 죽임으로써 우리를 어떻
게 할 것인지 보여주었소. 왕국의 정통성을 회복하고 우리의
생존을 확보하기 위해서도 우리는 절대 질 수 없소."

강한 경고로 귀족들에게 채찍을 휘두른 루비콘 후작은 곧
당근을 내밀었다.

"경들. 조금만 더 참으십시다. 이제 끝이 보이고 있소이다.
지금 전선에서 우리가 저들을 압도하고 있소이다. 조금만 더
참읍시다. 조금만 더 참으면 달콤한 결과가 우리를 기다리고
있을 것이오."

후작이 내민 당근에 귀족들은 달콤한 상상을 했다. 작위가
오르고, 영지가 넓어지고 중앙파들이 독점하고 있던 권력을
자기들이 쥘 것을 상상한 귀족들은 자리에서 일어나 루비콘
후작에게 고개를 숙였다.

"각하의 명을 따르겠습니다!"

"고맙소! 고맙소! 왕가와 본인은 경들의 충심을 절대 잊지 않을 것이오!"

"아버지……."

가이만 국경에 만들어진 나르빅 요새에서 유일하게 남은 나르빅 백작의 차남 루터는 눈앞에 놓인 관을 하염없이 바라 봤다.

왕비가 보낸 관에는 죽은 나르빅 백작의 시체가 들어 있었 다. 관과 함께 온 왕비의 친서에는 국경에서 움직이지 않는 한 나르빅 가문의 존속을 보장하겠다는 강력한 경고가 적혀 있었다.

한 손에 왕비가 보낸 친서를 들고 관만 바라보는 루터의 뒤 로 한 장교가 걸어왔다.

"무슨 일인가?"

"루비콘 후작의 전언입니다."

"이리 달라."

루비콘 후작이 보낸 서신의 봉인을 뜯고 안에 적힌 내용을 본 루터는 한숨을 쉬었다.

"후우~. 천하의 나르빅 가문이 이리도 홀대를 받는구 나……."

양손에 쥔 친서들을 한참 동안 보던 루터는 뒤에 시립한 장 교에게 말했다.

"지휘관을 불러라."

"넷!"

와그작!

손에 쥔 서한을 꾸기듯 움켜쥔 나르빅은 북쪽을 바라보며 이를 갈았다.

"이 일은 죽어도 잊지 않으리라……."

루터가 회의실로 들어서자 앞에 서 있던 장교가 크게 구령을 외치며 자리에서 일어서며 군례를 올렸다.

"기립!"

루터의 등장을 본 다른 지휘관들 역시 자리에서 일어나 군례를 올렸고, 지휘관들의 군례에 답례를 한 루터가 자리에 앉으며 손짓했다.

"앉으시오."

지휘관들이 자리에 앉자 루터는 이리저리 구겨진 두 장의 친서를 테이블 위에 올려놓았다.

"왕비와 루비콘 후작에게서 온 친서들이오. 읽어보시오. 가관이오."

루터의 말에 지휘관들은 친서들을 돌아가며 읽어나갔다. 두 장의 친서들을 읽어 내리던 지휘관들의 얼굴에 곧 분노의 표정이 떠올랐다.

"어찌 이런……."

"죽일 놈들……."

그런 지휘관들의 분위기에 동조하듯 루터가 날이 선 목소리로 입을 열었다.

"내 형님과 아버님에게 암수를 펼친 왕비는, 무슨 선심이라도 쓰듯 이곳에 앉아서 가만히 있으면 '목숨만 살려주겠다' 하고 있고 아버님을 향하여 구국의 영웅이라 부르던 후작은 지금 당장 병력을 보내지 않으면 보급을 끊고 나중에 반역죄로 심판하겠다고 그러는구려. 하하핫! 우습지 않소?"

쾅!

있는 힘껏 테이블을 내려친 루터의 노호가 회의실을 쩌렁쩌렁 울렸다.

"우리 나르빅 가문이 어떠한 가문인데! 이곳에서 젊음을 보내고 목숨을 바친 이들이 어떤 이들인데! 저들은 우리의 명예를 모욕하고 있소! 누가 있어서 저들이 호의호식했는지를 잊었단 말이오!"

"맞습니다!"

"저들은 우리의 명예를 더럽혔습니다!"

루터의 노호에 호응하듯 지휘관들 역시 동감을 표하며 분노를 터뜨렸다.

"여기 있는 우리들이 누구요! 저 성벽에서 눈과 비, 바람을 맞으며 국경을 지키는 병사들이 누구요! 병사중의 병사요, 군인 중의 군인이오! 이런 우리를 저들은 업신여기고 있소!"

"이럴 수는 없는 것입니다!"

“이번 일은 묵과할 수 없습니다!”

지휘관들은 한참 동안 분통을 터뜨렸다. 시간이 흘러 회의실의 소란이 가라앉자 지휘관들 중에 가장 고참으로 보이는 중년남자가 루터를 바라봤다.

“백작께서는 이제 어떻게 하실 것입니까?”

백작이라는 호칭에 루터는 고개를 저었다.

“히캄 보병총관. 내 아버님과 형님의 일이 끝나기 전까지 난 남작이 아니라 공자라 불러주시오. 두 분의 원한을 푸는 날, 난 백작위를 잇겠소.”

루터의 말에 히캄은 고개를 숙여 예를 취하고는 다시 물었다.

“그럼 루터 공자님, 이제 어떻게 하실 것입니까?”

“이번 일은 우리 모두에게 해당되는 일이오. 난 여러분 가운데 한사람으로서 여러분 다수가 결정하는 상황에 따를 것이오.”

“알겠습니다. 그럼 의견을 내놓도록 합시다.”

히캄의 말에 지휘관들은 입을 다물고 생각에 잠겼다. 한참 동안의 침묵이 이어지는 가운데 지휘관 하나가 투덜거렸다.

“거참……. 지금이라도 당장 두 년놈의 모가지를 비틀어버리고 싶은데 등 뒤가 가려우니…….”

모두들 그 말에 동감하는지 고개를 끄덕였다. 그러자 히캄이 입을 열었다.

“소관의 생각을 말하겠소.”

히캄이 입을 열자 회의실에 있는 모든 이들의 시선이 그에게 집중되었다.

“소관의 의견은 가이만과 손을 잡는 것이오.”

“네에?”

“총감!”

히캄의 폭탄발언에 회의실은 다시금 소란에 빠져들었다. 소란이 가라앉지 않자 루터가 테이블을 두들겼다.

쾅쾅!

“정숙! 정숙! 정숙하시오!”

소란이 가라앉자 루터는 날카로운 눈으로 히캄을 쳐다봤다.

“총감, 자세한 설명을 부탁하오.”

“알겠습니다. 여러분들도 알다시피 지금 지방파는 우리에게 해주는 보급을 무기로 우리에게 내전에 끼어들 것을 강요하고 있습니다. 왕비는 우리의 사령관을 살해하고선 우리에게 얌전히 있을 것을 협박하고 있는 상황입니다.”

“모두 알고 있는 상황이지요.”

“문제는 어느 한쪽의 의견을 따라 움직인다고 해도 우리의 안전 확보와 사령관 각하의 죽음에 대한 복수는 무리라는 것이지요.”

“어째서입니까?”

"우리는 수장인 사령관 각하를 잃었습니다. 만약 우리가 지방파에 참전한다면 그들은 우리를 가장 손실이 큰 최전방으로 밀어 넣어 화살받이로 쓰겠지요. 그렇게 해서 이긴다한들 수장을 잃고 세력도 약화된 우리가 정당한 보상을 받을 길은 없습니다. 사령관 각하의 죽음과 관련된 문제도 왕비파를 재판하는 고소장에 한 줄 정도 들어가겠지요. 그다음에는 손실된 병력을 충원한다는 것과 루터 공자의 젊음을 이유로 대대적인 물갈이를 하겠지요."

"결국은 팽이라는 것입니까?"

말석에 앉은 젊은 지휘관의 물음에 히캄은 고개를 끄덕이고는 말을 이었다.

"반대로 우리가 가만히 있고 왕비파가 승리할 경우, 사령관님의 복수는 영영 물 건너갑니다. 그리고 지방파와 마찬가지로 공자님의 젊음을 이유로 사령관을 갈고 그 뒤를 따라 지휘관들을 경질해 물갈이를 하겠지요."

"이쪽도 팽이로군요."

"또 다른 경우로 우리가 지방파에 참전을 한 상태에서 왕비파가 이긴 경우, 그 결과는 말하지 않아도 알 것입니다. 마지막으로 우리가 참전을 안 한 상태에서 지방파가 이기는 경우, 그 결과도 세 번째와 마찬가지일 것입니다."

히캄의 설명이 끝났지만 회의실 안은 고요했다.

저마다 각각의 경우에 따른 결과를 계산해 보고, 히캄이 말한 것과 비슷한 결과가 나오자 회의실 여기저기서 한숨이 새어나왔다.

그렇게 침묵과 한숨이 이어지는 가운데 기병 지휘관 하나가 손을 들었다.

"그럼 우리가 가이만과 손을 잡으면 무엇이 이익입니까?"

"우선, 우리는 제대로 된 대접을 받을 수 있습니다. 가이만이 커졌다고는 하나 이 국경을 지키는 우리 부대만한 전력의 값어치는 큽니다. 우리의 가치를 제대로 평가할 수 있는 이들이 바로 가이만입니다. 둘째, 돌아가신 사령관 각하의 정당한 복수를 행할 수 있습니다. 정략에 따른 이해득실로 흐지부지될 수 있는 일을 우리 손으로 해결할 수 있는 것이지요. 셋째, 가이만은 제국을 목표로 하고 있습니다. 제국으로 커가는 과정에서 아무리 동등한 대접을 해준다고 하지만 병합의 주체와 객체 사이에는 보이지 않는 차별이 있을 수 있습니다. 그경우, 우리가 우리 동포들의 방패가 될 수 있습니다."

"총감은 우리가 가이만에 질 것이라고 봅니까?"

"내전의 과정에서 유민들이 이 국경의 위험지대까지 몰려들었습니다. 지금도 그 수가 늘고 있지요. 그들은 지방파도 중앙파도 지지하지 않습니다. 오히려 가이만이 들어와서 저 살인마들을 싹 정리하라는 말까지 도는 실정이지요. 여러분들도 여러분들의 가족들은 이미 이 요새에 와 있지 않습니까?"

히캄의 지적에 지휘관들의 얼굴이 붉어졌다.

"뭐, 여러분들만의 문제도 아닌 것이 일반병사들의 가족들도 자신의 식구를 찾아 여기 온 이들이 한둘이 아닙니다. 이미 민심은 모르드를 버린 상황입니다. 저 위에서 싸우라고 목청 높여 외치는 이들만 모르는 것이지요. 여러 이유를 덧붙이자면 덧붙일 수 있지만, 이 세 가지 이유가 우리가 가이만과 협력해야 한다는 이유입니다."

히캄의 설명이 끝나고 루터는 지휘관들을 돌아봤다.

"다른 의견 있습니까?"

"가이만과 손을 잡는다고 하면 반역을 하는 것 같아서……."

"어차피 두 계파 중의 누가 승자가 된다 하더라도 우리의 운명은 정해져 있소. 그것은 아마 반역이거나, 횡령, 명령 불복종 등으로 사라지는 것이겠지. 지금 우리의 생존과 복수를 할 수 있는 방안을 결정하는 자리요. 감정이 아니라 이성으로 심사숙고해 주시기 바라오."

"총감의 설명은 잘 들었소. 다른 의견이 없다면 이 의견에 대한 찬반을 투표하겠소. 다른 의견 있소?"

루터의 말에 아무도 손을 들지 않았고 루터는 그다음 수순을 진행했다.

"그럼 총감의 의견에 찬성하는 사람은 손을 들어주시오."

말과 동시에 루터는 손을 위로 들었고 지휘관들의 손도 하나둘 위로 올라가기 시작했다. 모든 지휘관들의 손이 올라가자 루터가 결과를 발표했다.

"총감의 의견이 만장일치로 통과되었음을 알리오. 이제 그에 따른 문제를 의논해 봅시다. 헌병감. 밖에 모인 유민들의 치안은 어떠하오?"

"현재 병력을 풀어 치안을 유지하고 있습니다. 유민들 역시 안정을 많이 찾아가는 분위기입니다. 많은 수가 이 요새에 근무하는 병사들의 가족이라 안정을 찾아가는 속도가 빠릅니다. 그리고……. 많은 수의 유민들이 농사를 짓게 해달라고 청원하고 있습니다."

"농사를? 이곳에 농사를 지을 땅이 있소?"

루터의 물음에 히캄이 손으로 창밖을 가리켰다.

"저 밖에 널린 것이 빈 땅입니다."

"종자 문제는 어떻게 할 것인가?"

"자기들이 가진 것이 있다고 합니다."

"용케도 가지고 왔군."

"농사꾼들이니까요."

"병사들의 사기는 어떠하오?"

"오히려 책임감이 강해졌습니다. 자신들의 가족을 지킨다는 것이 눈에 보이니까 말입니다."

"그렇군."

우선은 요새의 문제를 확인한 루터는 물로 목을 축이고 회의를 계속했다.

"그럼 눈을 들어 좀 멀리 봅시다. 두 파벌의 상황은 어떠하오?"

"현재 새로운 병사들을 징집하고 후방교란에 나섰던 부대들을 다시 불러들이고 있습니다."

"후방교란?"

"사령관 각하께서 벌이신 후방교란작전을 본 따 한 일인데……. 비교할 수도 없습니다. 사령관 각하는 보급기지와 중요 병참부대만을 노리셨던 반면, 이들은 닥치는 대로 쓸어버리고 있습니다. 살아남은 유민들이 전해준 소식에 의하면 남자는 무조건 죽이고 여자는 나이불문하고 겁간 후 살해한답니다. 식량과 재물을 모조리 몰수하고, 집과 세간을 불태워 그들이 지나간 후에는 아무 것도 남지 않는다고 합니다."

정보장교의 보고에 루터는 한숨을 쉬었다.

"후우~. 그들은 정녕 나라의 미래를 생각하지 않는단 말인가? 내전이 끝나도 남는 것은 기아밖에는 없겠구려."

"그런 생각을 했으면 내전을 준비하지도 않았고, 사령관 각하를 모살하려 하지도 않았겠지요."

"그건 그렇다 치고 그들의 병력은 얼마고 어느 정도의 시간이 흐르면 모든 준비가 끝날 것으로 보오?"

루터의 물음에 정보장교는 서류를 뒤적거렸다.

"지방파가 약 6만, 왕비파가 약 7만입니다. 모두 다 집결할 때까지 약 한 달 정도 걸릴 것으로 보입니다."

"한 달이라……. 넉넉한 시간은 아니군."

정보장교의 보고에 루터는 뺨과 목을 주무르며 이리저리 궁리를 했다.

"우선 유민들과 피난 온 병사들의 가족생활을 안정시키는 것에 모든 수단을 경주하시오. 가족들이 평안해야 병사들도 힘이 나는 법이오."

"알겠습니다."

"지리를 잘 아는 병사들을 풀어 사냥을 하고 식수를 확보하시오. 밖에 있는 민간인들의 식량수급까지 생각해야 하오."

"명심하겠습니다."

당장 해야 할 일을 결정한 루터는 가장 중요한 일을 남기고 고민에 빠졌다. 잠시 고민을 하던 루터가 지휘관들을 바라봤다.

"가장 중요한 일이 남아 있소. 가이만과의 협상을 할 사자를 뽑아야 하오. 사령관 대리인 나를 대신해 가이만과의 협상을 해서 우리의 이익을 최대한 확보해야 할 사람이 필요하오."

루터의 말이 끝나자마자 회의실에 모인 지휘관들은 모두 한 사람을 지목했다.

"히캄 총감이 최적이라고 생각합니다!"

“동감입니다!”

지휘관들이 이구동성으로 히캄을 지목하자 루터는 히캄을 바라봤다.

“총감이 애를 좀 써주시겠소?”

“반드시 성공시키겠습니다.”

“부탁하오. 다른 분들은 일이 성사될 때까지 철저히 비밀을 지키시오. 이 일이 새어나가면 우리는 물론이고 저 밖에 있는 이들까지 생사가 걸려 있다는 것을 잊지 마시오.”

“알겠습니다!”

지휘관들은 힘차게 대답하고는 자리에서 일어나 군례를 올렸다. 루터 역시 자리에서 일어나 군례로 답을 했다.

＊　　　＊　　　＊

가이만의 수도 빌리스. 석양이 지는 저녁이 되어 사람들은 하나둘 가족이 기다리는 집으로 돌아가거나 친한 이들과 함께 술집에 들러 한잔 술로 그날의 피로를 풀고 있었다.

덜컹!

“급보다! 급보!”

현관문이 격하게 열리고 구르다시피 달려 들어온 미하일의 외침에, 먼저 돌아와 휴식을 취하던 보리스가 약간의 짜증이 섞인 목소리로 물었다.

"무슨 일인데 그 호들갑이야?"

"나르빅의 아들이 사자를 보내왔어!"

"응?"

"무슨 소리야?"

미하일의 외침에 제니와 함께 주방에 있던 큰 마리와 소파에 편히 누워 있던 야곱이 모습을 드러내며 물었다.

저녁 식사가 끝나고, 보리스들은 응접실에 모여 앉았다. 한 순배의 술이 돌고, 미하일은 자신이 물어온 정보를 풀기 시작했다.

"사자를 보낸 이는 루터 폰 나르빅. 죽은 나르빅의 둘째 아들이야. 원래대로라면 아버지의 작위를 이어야겠지만 비공식적으로 확인한 정보에 따르면 아버지의 복수를 하기 전까지는 작위를 잇지 않을 것이라고 천명을 했다더군."

"모르드의 왕비와는 완전히 손을 끊겠다는 소리로군. 그렇다면 루비콘 후작에게 갈 것이지, 왜 우리에게 사자가 와?"

"루비콘 후작은 나르빅을 팽하려는 생각인 것 같아."

"나르빅을? 국경은 어떻게 하고?"

"최소한의 병력만 남기고 지방파 귀족 연합군에 합류하라는 명령이 왔다더군."

"나라 말아먹으려고 작정을 했군."

"그것보다 아직 가이만이 볼로뉴를 완전히 소화하지 못했

다는 생각을 하고 전쟁을 벌이지 않을 것이라고 계산을 했겠
지."

"그래서 가이만에 손을 내밀었다?"

미하일의 설명을 듣던 야곱이 끼어들자 미하일은 고개를
끄덕였다.

"그렇습니다. 나르빅의 군대는 그 자체도 상당한 전력이지
만 소드 마스터인 나르빅 백작의 가치가 가장 컸지요."

"그런 나르빅이 죽었으니 제 대접을 못 받겠군."

"그렇지요. 나르빅 측으로서는 어느 쪽에 가담을 하던지
팽 당하는 것은 마찬가지인 상황이니 가이만에 손을 내민 것
입니다."

"가이만에 손을 내미는 것도 적지 않은 부담일 텐데?"

"정보부나 길드 모두 그 점을 궁금해하고 있어."

"흐음……."

미하일의 설명을 들은 일행들은 자신들이 들은 정보를 다
시 한 번 곰곰이 따지기 시작했다. 자신의 생각을 정리하던
큰 마리가 미하일에게 물었다.

"그럼 모르드의 민심은 어때?"

"정보가 별로 없어. 정확히는 모르드에 있는 길드가 모은
정보가 제대로 전달이 되지를 않고 있어."

"무슨 일이 있어?"

"전에도 이야기했잖아. 그 싹쓸이 범들 말이야."

“지나간 자리엔 풀도 안자란다는?”

“맞아. 그놈들 때문에 길드의 상당수가 잠수한 것 같아. 운이 없는 몇몇 동료들은 생명을 잃은 것 같고…… 나중에 조직을 재건하는 것도 큰일이라며 길드 윗선들도 한숨만 쉬고 있는 상황이야.”

“그 정도야?”

큰 마리의 물음에 미하일은 고개를 끄덕였다. 미하일의 설명을 듣던 야곱이 한숨을 쉬었다.

“싸움 중에 제일 지독하게 싸우는 싸움이 형제들끼리 싸우는 것이라더니, 옛말 그른 것 하나도 없군.”

“동감입니다. 저 역시 옛날 기록을 많이 읽어보았습니다만, 불과 2년 만에 저렇게 망가지는 경우는 흔치 않았습니다.”

“그럼 모르드의 민심은 지금 싸움을 벌이고 있는 지도층 덕분에 별로 안 좋겠네?”

큰 마리의 물음에 미하일은 머리를 긁적였다.

“일반적으로는 그렇게 생각할 수가 있는데 가이만과 모르드가 워낙에 앙숙이어야 말이지……. 정확한 정보가 들어오기 전에는 뭐라 장담을 할 수가 없어. 모레면 나르빅이 보낸 사자가 빌리스에 도착하니까 좀 더 자세한 정보를 알 수 있겠지.”

“사자는 누가 온데?”

보리스의 물음에 미하일은 수첩을 뒤적였다.

"질리언 히캄. 평민 출신임에도 불구하고 나르빅 요새 주둔 보병 총감까지 오른 입지전적 인물. 모르드와 손을 섞어본 경험이 있는 가이만 군 지휘관들 사이에선 '나르빅의 여우'라고 불리지. 물론 그 앞에는 '빌어먹을'을 포함한 몇 가지 단어가 더 붙지만……."

미하일의 설명에 보리스와 야곱이 고개를 끄덕였다.

"확실히 모르드를 상대로 한 전략을 짤 때 빠지지 않고 언급되던 인물이었지."

"그만한 인물을 보내다니 나르빅은 진심인가 보군."

두 사람의 반응을 본 미하일이 물었다.

"그렇다면 군의 결정은 어쩌할 것 같아?"

"병력으로 따지자면야……. 지난 시간 동안 충분히 덩치와 체력을 키워두었어. 거기에 나르빅의 병력이 합세한다면 승산은 있지."

"문제는 최고 통수권자의 결정인데…… 국왕의 목표는 모두 다 알고 있으니까 반드시 손을 잡을 걸?"

부엌에서 보리스들의 대화를 듣던 제니는 천정을 보며 한숨을 쉬었다.

"또 전쟁인가?"

보리스들의 예상대로 루터 폰 나르빅의 제안을 들은 가이

만의 지그문트 국왕은 나르빅과 손을 잡겠다는 결정을 내렸
다.

　나르빅의 민회와 귀족의회는 그런 국왕의 결정을 전폭 지
지한다는 의결안을 만장일치로 통과시켰다.

　곧이어 가이만 전역에는 국왕의 인장이 찍힌 포고문이 내
걸렸다.

　"친애하는 가이만의 국민들이여! 이제 저 오랜 숙적 모르
드와 계속되어 온 분쟁의 종지부를 찍을 때가 왔다! 우리는
저 모르드를 병탄할 것이다! 지도자들의 추악한 야욕으로 고
통받는 모르드의 백성들을 해방하여 우리들의 형제로 받아들
일 것이다! 그리하여 우리는 제국으로의 길에 한 발 더 가까
이 다가갈 것이다! 백성들이여! 여러분의 가족들이 있는 군대
를 지원하라! 다시 한 번 하나가 되어 가이만의 명예를 드높
이자!"

　"가이만 만세!"

　"국왕 전하 만세!"

　포고문의 내용을 읽은 국민들은 만세를 불렀다. 상당한 이
들이 다시 벌어지는 전쟁에 우려를 표했지만, 대다수의 백성
들은 모르드를 상대로 오랜 시간 쌓아온 적대감을 그대로 표
출하며 전의를 불태웠다.

　"군에 지원하는 이들이 늘었다고 합니다."

　"다행이군요. 이로써 병력수급에 대한 걱정은 덜었소이다."

커다란 회의실에서 만토이펠 자작은 말버러 후작과 출병에 관련된 이야기를 나누고 있었다.

"출정에 동원될 병력은 얼마로 잡고 있습니까?"

"총병력 15만 가운데 12만을 동원할 생각입니다. 거기에 나르빅의 병력을 합하면 14만입니다."

"내전중인 모르드의 병력은?"

"내전 전에 약 7만 정도로 파악하고 있었습니다만, 이번에 나르빅에서 보내준 정보에 따르면 지방파가 약 7만, 중앙파가 약 6만으로 합치면 약 13만이라고 합니다."

"아슬아슬하군요."

"하지만, 저들은 둘로 쪼개져 있지요."

"우리가 저들을 미워하는 것만큼이나 저들도 우리를 미워한다는 사실을 잊은 것은 아니겠지요?"

말버러 후작의 지적에 만토이펠은 고개를 끄덕였다.

"잘 알고 있습니다. 하지만 민심은 이미 모르드의 지도층을, 더 나아가 모르드에 대한 애착을 버렸습니다. 그렇지 않다면 나르빅이 우리에게 손을 내밀지 않았겠지요."

"그렇군요."

말버러 후작이 납득하자 만토이펠은 한 건의 서류를 말버러 후작에게 내밀었다.

"이것은 무엇이요?"

"모르드와의 전쟁에서 확실하게 승리할 수 있는 전략무기입니다.”

만토이펠이 내민 서류에 적힌 내용을 본 말버러가 의심쩍은 눈으로 만토이펠을 바라봤다.

“식량이 전략 무기란 말이오?”

“지금 모르드가 겪는 상황이라면 확실합니다.”

“흐음……. 그렇겠군, 알겠소. 전하께 상신하지요.”

“콜베르를 조심하십시오.”

만토이펠의 말에 말버러 후작은 쓴웃음을 지었다.

“전하나 나나 콜베르경의 채찍질에는 익숙해졌다오. 반드시 필요한 일이니 콜베르도 납득할 것이오.”

말버러는 만토이펠에게 손을 내밀었다. 만토이펠의 손을 굳게 잡고 악수를 나눈 말버러 후작이 당부했다.

“다시 한 번 승리를 부탁하오.”

“반드시 승리를 얻겠습니다.”

“총감께서 돌아오셨습니다!”

“회의실로 모셔라!”

“알겠습니다!”

보고를 내린 루터는 하던 일을 멈추고 회의실로 급히 걸음을 옮겼다. 회의실에는 이미 요새의 지휘관들이 대기하고 있었다.

루터가 자리에 앉자 먼저 와 있던 히캄이 자리에서 일어나 군례를 올렸다.

"보병총감 질리언 히캄. 사령관 대리각하의 명을 수행하고 돌아왔습니다."

"수고하셨소. 앉으시오."

자리에 앉은 히캄은 단단히 봉인된 두툼한 서류철을 루터에게 내밀었다.

"무엇인가?"

"사령관 대리각하의 제안을 수락한다는 가이만 국왕의 답변서와 전후, 나르빅 가문과 나르빅 요새 군인들에 대한 처우에 관한 약조가 적힌 국왕의 친서. 그리고 가이만 군이 작성한 작전계획들입니다."

"그들이 수락했군."

"안 할 수가 없지요."

루터는 봉인을 뜯고 안에 들은 서류들을 꺼냈다. 그는 우선적으로 자신의 가문과 휘하 병사들의 처우에 관한 서류들을 찾아 읽었다.

꼼꼼히 서류를 읽은 루터는 한숨을 쉬었다.

"다행히 해가 될 만한 조항은 없군."

"그렇습니다. 전쟁이 끝나고 나르빅 요새의 모든 병사들은 가이만의 군적을 받으며 계급 또한 동일한 가이만의 계급을 받게 된다고 명시했습니다."

히캄의 대답에 동석해 있던 지휘관들에게서 안도의 한숨

소리가 흘러나왔다.

"그리고 나르빅 가문은 이 요새 주변의 평원을 영지로 하거나 원한다면 다른 지역의 영지를 주겠다고 약조했습니다. 단 징세나 행정, 사법은 철저하게 가이만의 법 체계를 따른다고 명시했습니다."

"그거야 어쩔 수 없지. 그들과 우리의 일이 성공한다면 이 땅은 가이만의 땅이 될 터이니 가이만의 법을 따라야겠지."

처우에 관한 상황을 확인한 루터는 가이만이 보낸 작전 계획서를 꼼꼼히 읽었다. 작전 계획서를 다 읽은 루터는 지휘관들에게 계획서를 넘겼다.

"읽어보시오."

지휘관들이 돌려가면서 서류를 읽는 동안 루터는 히캄을 돌아봤다.

"무서운 친구들이로군."

"그렇습니다. 내전으로 피폐해진 모르드의 인심을 확보할 수 있습니다."

"그래. 그래서 가이만은 언제 작전을 시작한다고 그러오?"

"두 달 후에 선발대가 도착할 예정입니다."

"선발대라고 하면 보나마나 가이에스부르크의 병력들인데 겨우 반나절 거리에 있으면서 두 달씩이나 후에 온다는 말이오?"

“우선적으로 사용할 충분의 식량을 확보해 오느라 시간이 걸린답니다. 하지만 상황이 변하면 어제든지 가이에스부르크의 병력이 먼저 진출할 수 있다는 전언입니다. 가이만은 최대한 많은 정보를 최대한 빨리 전해주기를 원했습니다.”

“좋소. 우리가 확보할 수 있는 정보는 모두 가이만에 보내주시오.”

“알겠습니다.”

루터는 지휘관들에게 명령을 내렸다.

“외곽 경계초소에 나가있는 모든 병력을 즉시 요새로 귀환시키시오. 쓸 데 없는 충돌을 일으킬 필요는 없소. 정보부는 필요하면 다른 병과의 병력을 지원받아서라도 정보를 더욱 많이 수집하시오.”

“알겠습니다, 각하.”

그 후로 한참 동안 루터와 지휘관들은 앞으로 해야 할 일에 대한 계획을 의논했다.

대략적인 시행방안을 결정하고 회의실을 나서는 지휘관들의 얼굴에는 이제는 위기를 벗어났다는 안도감과 어제까지 충성을 맹세했던 조국을 배반한다는 자책감이 섞인 묘한 표정들이 떠올랐다.

그러는 동안에도 지방파와 중앙파의 내전은 끊임없는 소모전을 벌이고 있었다. 지방과 중앙을 동서로 가르는 중간지

점에서 격돌한 양군은 전진과 후퇴를 주고받으며 소모전만을
계속했다.

그렇게 소모되는 병사들을 충원하기 위해 양쪽은 무자비
한 징집을 고집했다.

교수대 앞에서 '죽음이냐 입대냐' 를 강요받은 많은 남자
들은, 변변한 군복이나 무장도 없이 검 한 자루나 창 한 자루
를 손에 들고 한쪽 팔에 소속을 나타내는 끈을 묶고는 전장에
보내졌다.

그렇게 소모전이 이어지면서 나르빅 요새로 모이는 유민
들의 수는 점점 늘어갔다.

"문제가 심각합니다. 요즘 유입되는 유민의 경우 초기의
유민과 달리 식량조차 제대로 가지지 못한 이들이 거의 전부
입니다. 유민들에게 공급하는 식량도 이제 한계에 도달했습
니다."

"수렵을 통한 육류의 공급도 한계입니다. 이미 먹을 만한
짐승들은 거의 씨가 말랐습니다."

보급 담당 장교들의 보고에 루터는 머리를 감싸 쥐었다.

"후우~. 이제 겨우 한 달이 지났을 뿐인데……. 남은 한 달
을 어찌 보낼지 걱정이로군."

동석한 지휘관들 역시 걱정스런 표정으로 보고서들을 읽
었다. 그런 가운데 지휘관 하나가 손을 들었다.

"가이만에게 우선적으로 식량부터 지원해 달라고 전하면

어떨까요?"

"무리요. 우리가 가이만과 손을 잡았다는 사실을 작전이 결행되기 전까지 외부에서 알아선 안 되오."

루터를 대신해 히캄이 의견을 기각했고 지휘관들은 묘안을 짜내기 위해 골몰히 생각에 빠져들었다.

그때 조용해진 회의실에 문을 두드리는 노크 소리가 울리더니 장교 하나가 들어섰다.

"무슨 일인가?"

군례를 취한 장교는 루터의 물음에 밀봉된 서한을 내밀었다.

"중앙에서 전언이 왔습니다."

"중앙에서?"

중앙에서 보낸 서한을 읽은 루터는 지휘관들을 돌아봤다.

"여러분, 때가 온 것 같소. 자네는 지금 즉시 중앙에서 온 사자를 구금하라!"

"넷!"

장교가 뛰어나가자 루터는 지휘관들에게 서한을 내밀었다.

"왕비가 보낸 친필서한이오. 우리에게 병력 지원을 요청하고 있소이다."

"철면피입니다!"

루터의 말을 들은 지휘관 하나가 크게 고함을 쳤고, 다른 지휘관들 역시 고개를 끄덕거렸다.

그런 가운데 히캄만이 루터가 말한 '때'가 무엇인지 알아차렸다.

"중앙파의 전력이 한계에 달한 것 같습니다."

"그렇소. 그것은 후작도 마찬가지. 어제는 아예 마법통신을 써서 직접 나에게 병력을 보내라 닦달을 하더군."

회의실 안에 모인 지휘관들에 얼굴에는 너나 할 것 없이 잔인한 미소가 떠올랐다. 루터가 히캄에게 명령을 내렸다.

"가이에스부르크로 사자를 보내시오. 적어도 사흘 안에 병력을 출발시키라 전하고, 식량 역시 확보된 것부터 우선 보내라고 전하시오."

"알겠습니다."

히캄이 고개를 숙이며 대답을 하자 루터는 지휘관들을 돌아봤다.

"여러분, 이제 때가 왔소. 후안무치한 저들에게 복수를 할 시간이오."

나르빅 요새로부터 급보가 전해지자 가이만 군의 행보는 전에 없이 바쁘게 움직였다.

총사령관 드레이크 백작과 부 사령관 만토이펠 자작은 마치루스와 지휘관들을 모아놓고 명령을 전했다.

"국왕전하의 명령이오. 우리는 모레 모르드로 진입하오."

"하지만 아직 병력의 집결이 끝나지 않았습니다. 이제 겨우 7만이 모였을 뿐입니다."

"나르빅에 있는 병력까지 합친다 해도 9만입니다."

부하 지휘관들의 이의제기에 만토이펠이 입을 열었다.

"물론 아오. 하지만 모든 일에는 적시라는 것이 있소. 나르빅으로부터 전해 온 정보에 따르면 왕비파와 후작파 모두 병력 수급에 한계가 온 것 같소이다. 또한 나르빅 요새로 유입되는 유민들의 상태를 봤을 때 백성들 역시 한계에 다다른 것 같소."

"그렇다면 조금만 더 기다린다면 불필요한 출혈 없이 모르드를 손에 넣을 수 있지 않겠습니까?"

만토이펠의 의견을 듣던 장교 하나가 의견을 제안했다.

"그전에 두 세력이 손을 잡고 화평을 선언할지도 모르지. 두 세력이 손을 잡고 민심을 잡기 위해 우리를 상대로 도발한다면 우리는 몇 배의 희생과 출혈을 감내해야 하네. 그 전에 우리가 민심을 잡아야지."

만토이펠의 답변이 끝나고 더 이상의 이견이 나오지 않자, 드레이크가 지휘관들을 둘러봤다.

"더 이상의 이견이 없다면 정해진 대로 모레 아침 작전을 실행하겠소. 모든 병력은 출전을 준비하고 유민들에게 공급할 식량 관리에 더욱 신경을 쓰도록."

"알겠습니다."

　지휘관들의 대답을 들은 드레이크는 자리에서 일어났다. 자세를 바로 한 드레이크는 지휘관들을 바라보며 개전의 의지를 밝혔다.

　"제군들! 우리는 개국 이래 처음으로 저 숙적 모르드를 병탄하기 위한 장도에 올랐소! 이번 전쟁은 지금까지 모르드와 있었던 자잘한 국경분쟁과는 완전히 다른 전쟁이오! 귀관들은 가이만의 역사를 새로 써가는 주역들인 것이오! 가이만의 영광을 위해 귀관들과 병사들의 용전분투를 기대하오!"

　"가이만의 영광을 위해!"

　함성으로 대답한 지휘관들은 드레이크에게 군례를 취하고는 회의실을 나섰다. 곧 가이에스부르크 여기저기에서 병사들의 함성이 터져 나왔다.

　"가이만의 영광을 위해!"

　가이에스부르크에서 전해진 답신은 곧 루터에게 들어갔다. 가이만의 답신을 들은 루터는 요새의 모든 병사들을 연병장으로 모았다. 단상에 오른 루터는 병사들을 향해 우렁찬 목소리로 연설을 시작했다.

　"나의 전우들이여! 우리는 버림받았다!"

　루터의 외침에 병사들은 서로 얼굴을 마주보고 어리둥절한 표정을 지었다. 그 가운데 몇몇 소문에 밝은 고참 병사들은 올 것이 왔다는 표정을 짓는 중에 루터의 연설이 이어졌다.

"제군들은 기억할 것이다! 우리가 어떤 이들이었나! 왕국의 변방에서 왕국을 수호하기 위해 험한 날씨를 겪어가며 이 국경을 지켜왔다! 그런데 지금 내전을 벌이는 저들은 우리를 짐짝처럼 취급했다! 비겁한 함정에 빠져 돌아가신 귀관들의 사령관이자 나의 아버지이신 주코프 폰 나르빅 백작의 명예를 더럽혔다. 그것뿐인가! 눈이 있으면 요새 옆에 있는 유민들을 보라! 귀관들의 이웃! 가족들에게 저런 모진 고통을 안겨줬다. 지금 내전을 벌이는 저 잘난 자식들은 이 요새를 버렸고! 이 요새를 지키는 우리들을 버렸고! 우리들의 가족들을 버렸다! 그리고 이제는 자신들의 기름진 뱃살을 위해 우리들의 목숨을 버리라 한다! 우리는 어찌해야 하는가!"

루터의 연설이 병사들의 흥분을 조금씩 자극했다. 그러자 격분한 병사들이 고함을 치기 시작했다.

"그냥 둘 수는 없습니다!"

"참지 말아야 한다!"

"우우우!"

병사들의 고함과 야유가 요새 안을 울렸고, 요새 밖에서 생활을 하던 유민들은 난데없는 소란에 걱정스런 눈으로 요새를 바라봤다.

"나의 전우들이여! 나는 결정을 내렸다! 모르드가 나를 버렸기에 나 역시 모르드를 버렸다!"

병사들은 순식간에 조용해졌다.

"내일! 가이에스부르크에서 병사들과 식량이 도착할 것이다. 그들이 가져온 식량은 저 밖에서 굶고 있는 우리들의 가족들의 배를 채울 것이고, 그들의 병사들은 우리를 버린 저 잘난 년놈들을 심판할 것이다! 결정은 너희들의 것이다! 어찌할 것인가! 나와 함께 이 왕국의 고통 받는 동포들을 구하고 가족들에게 고통을 안겨준 저놈들에게 복수할 자들은 요새에 남아라! 나와 뜻을 같이하지 않는 자들은 지금 즉시 요새를 떠나라! 3분의 시간을 주겠다! 결정하라!"

연설을 끝낸 루터는 병사들을 내려봤고, 병사들은 지위고하를 막론하고 동료들과 얼굴을 맞대고 수군거렸다.

"어떻게 해야 하지?"

"이거 반역이잖아?"

"떠나야 하나?"

"하지만 식량을 준다잖아. 사령관 대리 말마따나 내 가족이 저 밖에 있어. 지금 떠나면 굶어죽을 수밖에 없단 말야."

그렇게 병사들이 수군거리는 가운데 고참병사들은 빠르게 결정을 내렸다.

"떠나기는 뭘 떠나. 떠나봤자 개죽음인 걸."

"네?"

"아까 사령관 대리 하는 말 잊었어? 년놈들에게 복수를 할 거라고 했잖아. 그 말인즉슨 후작이건 왕비건 걸리는데로 다

조지겠다는 소리야. 거기에 가이만이 온다고 그랬지? 아마 가이만도 마음 단단하게 먹고 들어오는 것이겠지. 내전덕분에 곯을 대로 곯은 모르드가 남아날 수는 없을 거야. 거기에 식량까지 뿌린단다. 당장이라도 '가이만 만세!' 라고 외칠 이들이 넘쳐날 거다."

"그래도…… 반역인데……."

"멍청한 놈. 그래서 떠나봐라. 사령관 대리가 창 거꾸로 잡았다는 소문이 나기 전에 잡히면 탈영병으로 뎅강, 소문이 난 후에 잡히면 반란군이라고 뎅강, 결론은 뎅강이야."

"반역이 싫어 떠났다고 이야기하면 봐주지 않을까요?"

"봐줘봤자 너 같은 졸병은 제일 앞에 서서 화살받이나 될 거다. 지금 양쪽 다 보급이 딸려서 무장이 형편없다던데……. 네가 입은 갑옷은 모조리 빼앗기고 맨몸뚱이에 창 하나 달랑 들고 말이지."

"……."

"이미 내전이 벌어졌을 때, 그리고 이렇게 장기전이 되었을 때, 국경이라는 것을 잊고 내전에 참가하라는 말이 나왔을 때부터 승패는 정해진 거야. 사령관 대리나 저 여우 총감이라고 아무 생각 없이 가이만과 붙었을까? 다 계산이 섰기 때문에 붙은 거다. 나 같으면 저 양반들 따라 줄을 설 거다."

"3분 지났다! 결정을 내려라!"

루터의 말이 떨어졌음에도 열에서 벗어나는 병사들은 하

나도 없었다. 잠시 더 시간을 두고 기다렸던 루터가 결정을
내렸다.

"그럼 귀관들 역시 나와 함께 하는 것으로 알겠다! 이제 다
시 귀관들은 나의 전우가 되었다! 전우들이여! 나와 함께 하
겠는가!"

"넷!"

"나와 함께 심판의 길을 나서겠는가!"

"넷!"

"고맙다! 전우들이여!"

"우와아아!"

다시 병사들이 지르는 함성으로 요새가 흔들렸다.

＊　　　＊　　　＊

다음날, 가이에스부르크에서 출발한 가이만의 병사들이
나르빅 요새에 도착하기 시작했다. 요새의 문 앞에서 가이만
의 병사들을 기다리고 있던 루터는 가이만 병사들의 모습이
보이기 시작하자 작게 한숨을 쉬었다.

"이것이 잘한 결정이었는지 모르겠습니다."

루터의 말에 옆에 서 있던 히캄이 루터를 위로했다.

"제대로 된 결정이셨습니다. 돌아가신 사령관 각하께서도
같은 상황이었다면 같은 결정을 내리셨을 겁니다."

“그렇겠지요?”

히캄의 말에 루터의 표정은 조금씩 밝아졌다. 가이만 군의 본진이 확연히 보이는 곳까지 다가오자 가이만 군에서 한필의 기마가 빠른 속도로 달려왔다. 루터 앞에 멈춰 선 가이만 군의 기병은 말을 타고 서 있는 나르빅 요새의 지휘관들을 보며 물었다.

“어느 분이 루터 폰 나르빅 사령관 대리 각하이십니까?”

“날세.”

루터의 대답에 기병은 절도 있는 동작으로 가이만 식 군례를 올렸다. 루터가 군례를 받자 기병이 용건을 말했다.

“요셉 폰 드레이크 총사령관 각하와 안드레이 폰 만토이펠 부사령관께서 오고 계십니다.”

“알겠네. 기다리지.”

루터의 대답에 기병은 군례를 하고는 말을 돌렸다. 기병이 먼지를 일으키며 돌아가자, 루터는 손가락으로 상의의 목조임을 느슨하게 하고는 심호흡을 했다.

“후우~.”

몇 번의 심호흡으로 긴장을 푼 루터는, 한눈에 봐도 강한 기세가 느껴지는 노기사가 전면에 멈춰 서자 말을 몰아 앞으로 나갔다.

노기사의 바로 앞에 멈춰 선 루터는 모르드식 군례를 올렸다.

“나르빅 요새 사령관 대리 루터 폰 나르빅입니다.”

“나르빅 군과 함께 움직일 가이만 군 총사령관 요셉 폰 드레이크일세. 반갑네.”

“반갑습니다.”

짧은 악수를 나눈 두 사람은 곧 말머리를 함께 하고 나르빅 요새로 향했다.

“병력은 얼마입니까?”

“우선은 7만일세. 나머지 5만은 빠른 시일내에 올 것이네.”

“많군요…….”

“그 정도의 병력이 필요한 일이니까. 작은 일이 아니지 않은가?”

“그렇습니다.”

짧은 대화가 이뤄지는 가운데 두 사람은 나르빅 지휘부가 모인 곳에 도착했다.

마상에서 대기 중이던 나르빅 요새의 지휘관들은 드레이크를 보자 군례를 올렸다. 정중하게 군례를 받은 드레이크가 루터에게 물었다.

“나르빅 사령관 대리. 유민들에게 식량공급을 담당하는 이를 불러줄 수 있겠나? 지난번에 들으니 식량공급 문제가 가장 급한 것 같은데 그 일부터 처리하지.”

“알겠습니다. 슈만 보급관!”

"네!"

유민들에게 식량공급을 담당하던 장교가 앞으로 나서자, 드레이크가 뒤따라 온 가이만 군의 장교에게 손짓을 했다.

드레이크의 손짓에 장교는 군례를 취하고 슈만 보급관에게 말을 몰았다.

"식량 공급을 담당할 미르히 중령입니다."

"나르빅 요새의 제3보급관 슈만 중좌요. 반갑습니다."

"반갑습니다."

상견례를 한 두 장교는 곧 유민들에게 공급할 식량에 관한 문제를 논의하기 위해 한쪽으로 사라졌고, 드레이크는 루터를 돌아봤다.

"사령관 대리 우리도 우리 일을 합시다. 빨리 시작해야 빨리 끝나는 법이오."

"알겠습니다. 총사령관 각하. 이쪽으로. 슈타지 군기감은 가이만 군을 안내해 휴식을 취하게 하시오."

"알겠습니다. 사령관 대리 각하."

루터의 명령을 들은 장교 하나가 부하들을 끌고 한쪽으로 비켜섰고 루터와 드레이크는 말머리를 함께 하고 요새 안으로 들어갔다.

한 지붕아래서 생활하게 된 나르빅의 병력과 가이만 군은 서로서로를 신기한 눈으로 바라봤다.

“저 중장보병대는 뭐야?”

“군기 살벌한 걸?”

“무슨 중장보병대가 궁병에 기병까지 데리고 다니지?”

요새에 들어선 가이만의 병사들은 모두 군기를 잘 지키고 있었지만, 그 가운데 특히 강한 모습을 보여주는 중장보병대를 보며 나르빅 요새의 병사들은 수군거렸다.

그렇게 수군거리던 가운데 호기심을 참지 못한 병사 몇몇이 문제의 중장보병대에 접근했고, 정보를 얻은 병사들은 일행들에게 돌아와 자신들이 얻은 것을 신나게 떠들어댔다.

“저 친구들. 브레이커스래.”

“브레이커스?”

정보에 늦은 병사들은 고개를 갸웃하며 낯선 이름을 되묻자 정보를 물어온 병사들이 동료들에게 설명을 했다.

“브레이커스라면 그 소드 마스터를 잡았다는 중장보병이잖아.”

“마스터를 잡아? 쟤들 다 무슨 고수들이래?”

“설마?”

“그럼 우리 사령관각하 돌아가셨을 때처럼 마법사들이 끼고 함정 파서 잡은 건가?”

“아니, 방진 전체가 소드 마스터에게 덤벼들었다더군.”

“흐미…… 독한 놈들.”

브레이커스란 이름이 붙은 기원을 들은 병사는 양팔을 문

지르며 소름이 끼친다는 반응을 보였다.

정보를 물어온 병사들은 계속해서 설명을 이었다.

"저기 왼쪽 팔에 방패장식 붙이고 있는 친구들 있지? 그 친구들이 그때 마스터를 잡은 병사들이야. 그 공적을 기념해 저 방패장식을 받은 거라고 하더군. 그리고 두 계급씩 승진. 덕분에 규모가 커진 지금은 거의 다 간부들이야."

"땡 잡았네."

"그거 알아?"

"뭐?"

"저거 처음에는 청동판이었는데, 볼로뉴 전투에서 또 공훈을 세워서 황금으로 만든 것을 다시 받았다는 거야."

"정말?"

병사들은 눈을 크게 뜨고 고참 브레이커스 병사들의 왼쪽 팔에서 반짝이는 방패장식을 쳐다봤다.

"어떤 공을 세웠는데 황금방패를 받은 거야?"

"볼로뉴군 1만을 깨고 브레이커스의 지휘관은 볼로뉴의 제2왕자의 목을 베었다더군."

"흐미~."

"덕분에 지금은 저 방패 장식을 단 병사들은 고참 중의 고참으로 대접받고 장교들도 함부로 대하지 않는 상황이래."

"끗발 대단하네."

나르빅 요새의 병사들은 볼로뉴 전쟁에서 전설을 만들어

낸 브레이커스 부대의 고참 병사들의 팔에서 반짝이는 장식을 선망의 눈초리로 바라봤다.

하지만 그런 병사들은 그날 오후부터 시작된 브레이커스들의 훈련을 보고는 고개를 저었다.

"독한 놈들……."

한편, 회의실에 모두 모인 양군 지휘관들은 상견례를 겸한 1차 작전회의를 하고 있었다. 나르빅 요새 주둔 지휘관들의 소개가 끝나고 가이만 군의 소개가 이어지는 가운데 보리스가 자리에서 일어나 자신을 소개했다.

"브레이커스 전투단을 지휘하는 보리스 예거 소장입니다."

"브레이커스라면!"

루터를 비롯한 나르빅 요새의 지휘관들은 브레이커스라는 이름을 듣자마자 보리스를 다시 한 번 바라봤다.

길거리에서 봤다면 모르고 지나갈 정도로 평범하게 생긴 보리스를 본 나르빅의 지휘관들이 고개를 갸웃하자 드레이크가 설명을 했다.

"볼로뉴의 킴멜을 상대할 때 그 누구보다 앞장서서 싸웠고, 볼로뉴 제2왕자의 목을 베었으며, 볼로뉴의 왕도 볼로니아의 성문을 연 1등 공신이오."

드레이크의 설명을 들은 나르빅의 지휘관들은 보리스를

놀란 눈으로 쳐다봤다. 남은 지휘관들의 소개가 끝나고 양군의 지휘관들은 앞으로의 계획을 논의했다.

"우선 내전의 상황은 어떠하오?"

드레이크의 물음에 나르빅의 정보장교가 지도 앞에 서서 설명을 시작했다.

"현재 두 진영은 여기 이 동서경계의 중간지점에서 전투를 계속하고 있습니다. 병력은 지방 귀족파가 약 5만 2천. 중앙 왕비파가 4만 7천 정도입니다. 양쪽 모두 3천 정도의 별동대를 조직해 500에서 1000명 단위로 상대의 후방을 파괴하고 있습니다."

"후방파괴라면?"

"초토입니다. 모든 것을 불태우는 것이지요. 더욱 안 좋은 것은 민간인의 무차별 학살입니다. 때문에 많은 백성들이 살던 곳을 떠나 유민이 된 상태입니다."

"소문보다 안 좋은 모양이군."

드레이크가 혀를 차자 정보장교는 쓴웃음을 지었다.

"이곳에 도착한 유민들을 보면 그 별동대란 놈들에게 치가 떨릴 지경입니다. 뭐, 이제 10살이 된 여자아이가 강간을 당해 임신한 상태라는 믿지 못할 보고까지 올라왔으니까요."

"허허…… 말세로다. 그럼 유민의 수는 얼마나 되오?"

"내전으로 인해 정확한 조사를 하지 못했지만, 대략적으로 400만 정도로 보고 있습니다. 참고로 내전 전에 조사한 바에 따르면 모르드 왕국의 전체 인구는 800만이었습니다.”

“절반이로군.”

“늘어나면 늘었지. 줄지는 않을 것으로 예상하고 있습니다.”

나르빅 요새 정보장교의 보고를 들은 양군 지휘관은 1차 공격목표를 선정하는 작업을 시작했다.

“가장 먼저 중앙 왕비파를 제압해야 합니다.”

“이유는?”

“섭정인 왕비와 국왕이 가지는 상징성 때문입니다. 왕비와 국왕이 없어진다면 지방파와 중앙파 모두 구심점을 잃게 됩니다.”

보리스의 제안에 드레이크와 루터는 고개를 끄덕였다. 드레이크는 루터에게 질문을 했다.

“현재 섭정과 국왕은 어디에 있소?”

“아직까지는 왕도 모르덴그라드에 있습니다.”

“흐음…….”

드레이크는 눈을 가늘게 뜨고 지도를 살폈다.

“여기서 모르덴그라드까지는 한 달 정도 거리군. 한 달이라……. 잘못하면 놓칠 가능성이 높아.”

“그게 문제입니다.”

루터 역시 고개를 끄덕이며 동의를 하자 보리스가 다시 손을 들었다.

"이렇게 하면 어떻습니까?"

가이만 군이 나르빅 요새에 들어서고 일주일이 지나자 한 가지 소문이 모르드 전역을 뒤흔들었다.

"가이만 군이 모르드에 들어왔다! 나르빅이 가이만과 손을 잡았다!"

소문을 접한 지방파와 중앙파는 당장 교전을 멈추고 소문의 진위를 파악하기 시작했고 얼마 지나지 않아 소문은 사실임이 확인되었다. 졸지에 뒤통수를 맞은 양군의 지휘부는 갈피를 못 잡고 우왕좌왕했고, 점점 더 많은 소문들이 왕국 안을 떠돌았다.

"가이만이 보낸 군대는 내전중인 두 진영을 합친 수보다 많은 대군이다!"

"가이만은 더 많은 군대를 보낼 생각이다!"

"가이만 군대는 일 검에 성벽을 쪼개고 하룻밤에 천리를 간다더라!"

온갖 흉흉한 소문이 돌면서 내전을 벌이던 양쪽 군대의 사기는 점점 떨어져 갔다. 양군의 병사들은 끼리끼리 모이면 한숨을 쉬어댔다.

"젠장…… 설상가상이라더니……."

"그러게나 말이다."

"뭘 그리 겁내십니까! 당장 일어나 침입자들을 몰아내야지요!"

몇몇 병사들은 그렇게 기세를 올렸지만 어느 정도 칼밥을 먹은 고참 병사들은 고개를 저었다.

"어떻게? 맨몸뚱이에 창 한 자루 든 이 몸으로? 보급 잘 받아 빵빵한 놈들하고 삐쩍 곯은 녀석들하고 싸움이 붙는다면 이길 수 있을 것 같냐?"

"그래도 의지만 있다면……."

"의지가 화살도 막아준다던? 이제 끝장난 거야……."

병사들의 사기가 바닥을 치자, 지휘관들은 병사들의 사기를 올리기 위해 온갖 노력을 다했지만 바닥으로 떨어진 사기는 쉬이 올라가지 않았다.

그런 가운데 민간인들과 병사들의 귀를 솔깃하게 만드는 소문이 들리기 시작했다.

"나르빅 요새로 가면 굶지 않는다더라!"

"투항하는 병사는 죽지 않고 죄를 묻지도 않는다더라!"

소문을 들은 유민들과 백성들은 나르빅 요새로 향했고, 병사들 역시 하나둘 탈영을 하는 병사들이 생겨났다.

양군의 지휘부는 그런 탈영병들을 막기 위해 보급을 늘리고, 탈영하다 걸린 병사들을 병사들이 보는 앞에서 매달아 경고를 주었지만 밤마다 진지를 빠져나가는 병사들의 수는 쉬이 줄지 않았다.

그런 가운데 가장 강한 소문이 두 진영을 강타했다.

“가이만과 나르빅의 군대가 모르덴그라드로 향하고 있
다!”
“목표는 루나 왕비와 국왕!”

＊　　　＊　　　＊

“루비콘 후작에게 연합을 요청하시오!”
전쟁을 지휘하던 악튜니온 공작의 다급한 외침에도 불구
하고 귀족들의 반응은 부정적이었다.
“그것이 쉽지가 않습니다. 루비콘 후작은 여전히 왕비의
섭정 퇴위와 두 분 공작의 은퇴를 고집하고 있습니다.”
“멍청이들! 국왕전하께 변고가 생기면 자기들도 끝이라는
것을 모르는 것인가?”
“알면서도 버티는 것이겠죠. 저들은 급한 것이 없지 않습
니까?”
“도대체 그들은 어느 나라의 귀족들인가!”
악튜니온 공작의 노호가 텐트를 흔드는 가운데 귀족 하나
가 의견을 개진했다.
“각하, 우선 루나 왕비마마와 국왕전하를 모르덴그라드에
서 모시고 나와야 합니다. 우선 두 분을 무사히 아군진영에
모시는 것이 우선입니다.”
“하지만 루터 폰 나르빅. 그 지옥불에서 영원히 고통을 받

아야 할 녀석이 가만히 있겠소? 그 뒤를 쫓아올 것이오!"

"압니다. 하지만 그들은 대군이지요. 대군은 발이 느립니다. 그들이 두 분의 뒤를 쫓아 이곳에 올 때, 우리는 뒤로 빠져 루비콘 후작과 그들이 맞부딪치게 만들어야 합니다."

"가능하오?"

"가능합니다."

"하지만 나르빅은 루비콘 후작과 한 배였소. 오히려 루비콘 후작과 하나가 되는 것 아니오?"

"절대 합세하지 못합니다. 나르빅 백작이 죽고 나서 루비콘 후작이 나르빅을 어떻게 대했는지 아시지 않습니까?"

"흐음……."

악튜니온 공작은 솔깃한 표정을 지었다.

"하기는 루비콘 후작이 좀 멍청하게 굴긴 굴었지……. 이보게! 나르빅과 가이만 연합군의 수가 얼마라 그랬지?"

"현재 9만입니다!"

"보십시오, 각하. 루비콘과 나르빅이 부딪치는 동안 우리는 체력을 회복하면 됩니다. 그 후에 기진한 두 진영을 치면 최후의 승자는 우리가 되는 것입니다!"

악튜니온 공작은 마침내 결정을 내렸다.

"마법사를 불러라! 왕비마마와 이야기를 나누겠다."

두두두!

넓은 평야를 대규모의 기병들이 가로지르고 있었다. 약 1000기 정도로 보이는 기병대의 한 가운데에는 화려하게 치장한 세 대의 마차들이 위치하고 있었다.

"달려라!"

"최대한 빨리 공작각하께 도착해야 한다!"

기병대의 장교들은 계속해서 부하들을 재촉했고 부하들은 계속해서 말에 박차를 가하고 있었다.

가운데 마차를 몰던 두 명의 기사 가운데 하나가 안쪽으로 통하는 작은 창을 열고 안에 있는 이에게 물었다.

"마마, 괜찮으십니까?"

기사의 물음에 루나는 지친 목소리로 대답을 했다.

"난 괜찮소."

"조금만 더 가면 오늘 묵을 장소가 나타납니다. 조금만 참아주시옵소서."

"알겠소."

덜컥!

창문이 닫히자 루나는 자신의 무릎을 베고 누운 어린 국왕의 머리를 쓰다듬었다.

익숙하지 않은 마차 이동으로 인해 탈진한 국왕은 핼쑥한 얼굴로 루나의 다리를 베개 삼아 자고 있었다. 그런 국왕의 머리를 부드럽게 쓰다듬으며 루나는 창밖을 바라봤다.

"조금만 더 가면 된다. 조금만 더……."

"걱정하지 마십시오. 악튜니온 공작이 만반의 준비를 하고 있을 것입니다."

왕비의 맞은편에 앉은 피트리언 공작은 그런 루나를 안심시키기 위해 밝은 목소리로 말을 걸었다.

"뒤쳐진 병사들이 무사할까요?"

"아직은 나르빅의 반도들과 거리가 있습니다. 그러니 기운을 차리는 대로 곧 뒤따라 올 것입니다."

피트리언 공작의 말에 루나는 한숨을 쉬었다.

"이쪽에도 반도……. 저쪽에도 반도……. 도대체 왜 이런 일이 벌어진 것일까요?"

"선왕폐하가 그리 가시지만 않으셨어도……."

보리스에게 죽은 국왕의 이야기가 나오자 루나의 눈이 표독스럽게 빛났다.

"빠드득! 그 저주받아 마땅할 사냥꾼 놈! 내 무슨 일이 있어도 용서치 않을 생각입니다."

"이번 위기만 넘기면 뜻하신 대로 하실 수 있으실 것입니다."

"적이다!"

악튜니온의 말이 끝나기가 무섭게 마부석에서 적의 습격을 알리는 기사의 고함이 터져 나왔다. 악튜니온은 급히 창문의 가리개를 올리고 밖을 살폈다.

행렬의 오른쪽에서부터 수천은 되어 보이는 기병대가 행

렬을 향해 달려들고 있었다. 무서운 기세로 달려드는 기병대
사이로 가이만의 군기가 힘차게 펄럭이고 있었다.

루나 왕비를 호위하던 기병대는 곧 방향을 틀어 도주를 시
도했지만, 곧 가이만의 기병대에 따라잡혔다. 막다른 골목임
을 깨달은 호위대의 지휘관은 결정을 내렸다.
“4지대! 적의 발을 묶어라! 나머지는 계획대로 움직여라!”
빠바바바바빠암!
뺨뺨빠바바뺨!
지휘관의 명령이 떨어지자마자 여기저기서 나팔소리가 울
려 퍼지고 기병대의 움직임이 바뀌었다.
일단의 기병대가 넓게 퍼져 시야를 가리는 동안 각기 한 대
의 마차를 맡은 기병들이 세 방향으로 흩어져 달리기 시작했
다.
하지만 왕비의 호위를 맡은 기병대장의 시도는 뒤를 이어
나타난 또 다른 기병대에 의해 가로막혔다.
저항에 막힌 선두를 초월한 가이만 기병대의 후위와 새로
이 나타난 기병대는 마차들의 행렬이 분리되기 전에 그들의
앞길을 막았다.
곧이어 길을 막던 4지대를 전멸시킨 선두까지 포위에 가담
하자 호위대장은 이를 악물었다.
“모두 죽을 각오로 포위를 뚫는다! 목표는 전방! 돌격!”

"우와!"

호위대의 기병들은 함성을 지르며 포위망의 전면으로 돌격을 하기 시작했고, 맞은편의 가이만 기병들 역시 호위대를 향해 달려들었다.

피비린내 나는 혈투 끝에 왕비를 호위하던 호위대는 소수의 병사만을 남기고 전멸했다.

"각하, 항복한 병사들은 어떻게 할까요?"

기병대장의 물음에 이번 작전을 지휘한 보리스는 단호하게 대답했다.

"모두 죽여라. 그동안 후방을 돌면서 동포들을 학살한 놈들이다."

"알겠습니다!"

기병대장이 물러가고 얼마 후, 마차를 포위한 가이만 군의 진형 한쪽에서 비명이 울려 퍼졌다.

"아악!"

"살려줘!"

가이만 군에 의해 죽어가는 병사들의 비명을 들으며 말에서 내린 보리스는 마차로 걸어갔다. 세 대의 마차 앞에서 걸음을 멈춘 보리스는 급히 따라오느라 헉헉거리는 미하일을 돌아봤다.

"어느 마차일까?"

"헉헉헉……. 내가…… 어떻게 알아? 헉……. 그 세 대 가운데 하나에 왕비와 국왕이 타고 있다는 것을 알아내는 것도 개고생을 했는데……."

미하일의 대답에 보리스는 숨을 가다듬고는 큰 목소리로 외쳤다.

"모르드의 섭정. 왕비, 루나! 내 목소리를 기억하고 있겠지? 나다! 더 이상 도망갈 곳은 없다!"

콰앙!

보리스의 외침이 끝나자마자 세 대의 마차 가운데 가장 끝에 있던 마차에서 강렬한 기세가 피어올랐다.

곧 강한 폭음과 함께 한쪽 문이 부서져 나가며 커다란 화염 기둥이 보리스를 향해 날아왔다.

보리스는 침착하지만 빠른 손짓으로 품에서 스크롤을 꺼내 불기둥을 향해 펼쳤다.

찌이잉!

스크롤이 펴지면서 강한 소음과 함께 불기둥은 사라졌고, 보리스는 휘파람을 불었다.

"역시 현자분이 만드신 스크롤은 달라도 다르군."

자신을 공격한 마법을 무효로 만든 보리스가 가운데 마차로 걸음을 옮기자 마차 안에서 다시 강렬한 기운이 피어올랐다.

순간, 보리스의 허리에서 한 자루 단검이 마차를 향해 날아갔다.

피웅!

"꺄악!"

비명과 함께 기세가 사라지자 보리스는 특유의 대검을 쥐고는 마차 문을 열었다.

"이놈!"

서걱!

"끄으으……."

털썩!

마차 문 뒤에 숨어 있던 피트리언 공작이 보리스를 향해 기습을 시도했지만 보리스는 단검으로 피트리언 공작의 목을 갈랐다.

오른손으로 피가 터져 나오는 목을 움켜쥔 공작은 왼손으로 보리스의 옷자락을 잡으며 입을 벙긋거리다 땅바닥에 쓰러졌다.

피트리언 공작의 시체가 땅바닥에 구르고 있는 동안에도 루나와 보리스는 서로를 노려보고 있었다.

"너였구나."

"나였소."

오른쪽 어깨에 단검이 박힌 채로 루나는 보리스를 노려보며 이를 갈았다. 한 쪽 옆에서 부들부들 떠는 어린 국왕을 본 보리스는 미하일을 불렀다.

"미하일!"

"응?"

"국왕을 데리고 나가라."

보리스의 말에 미하일은 반대쪽 마차 문을 열고는 국왕을 끌어내렸다.

"아악! 어마마마!"

"국왕!"

피웅!

애처롭게 비명을 지르는 국왕을 본 루나가 급히 몸을 움직였지만 어느새 또 다른 단검이 그녀의 얼굴을 스치고 지나갔다.

"움직이지 마."

"으득!"

루나는 이를 갈며 보리스를 노려봤다.

"이 원한 잊지 않겠다."

"우리 역시 잊지 않았지."

기병대장에 국왕을 넘기고 온 미하일이 대화에 끼어들자 루나는 미하일을 쳐다봤다.

"너도 있었구나."

"그렇수다."

"내가 너희들에게 무슨 원한을 졌다는 거지?"

"100년 전의 일을 모르는 것은 아니겠지?"

“그럼 너는!”

모든 것을 안 루나는 살아남는 것을 포기했다.

“죽여라.”

“안 그래도 그럴 생각이었어. 어린 아들 보는 앞에서 죽일 순 없기에 놔둔 것뿐이지.”

“지옥에서 보자.”

“그러자고. 좀 기다리고 있어.”

루나의 마지막 말에 대답한 보리스는 루나의 목에 가져간 단검을 힘껏 그었다.

서걱!

5장
Thin red line

Hunter
Age

Thin red line

　가이만 군부대가 벌인 대규모 추격전 결과로 모르드의 섭정인 루나왕비가 죽고, 국왕이 체포되어 가이에스부르크로 압송되었다는 소식은 모르드 전국을 뒤흔들었다.

　왕비와 함께 피트리언 공작이 죽은 것을 확인한 악튜니온 공작은 루비콘 후작에게 모든 것을 양보하고 연합군을 결성하여 나르빅-가이만 연합군에게 건곤일척의 싸움을 걸었다.

　하지만 바닥을 친 모르드 군의 사기는 도저히 오를 생각을 하지 않았고 나르빅-가이만 연합군이 포진한 모르덴그라드 앞 평야가지 가는 동안 매일같이 천단위의 병사들이 집단탈영을 하는 사태가 벌어졌다.

결국, 연합 초기 10만을 약간 상회했던 모르드의 군세는 모르덴그라드 평원에 도착할 때에는 7만으로 줄어있었다.

14만의 병력이 단단히 준비를 한 나르빅-가이만 연합군과 7만의 모르드군이 대회전을 벌이는 날, 패배를 감지한 악튜니온 공작은 병사들이 출전한 직후 자신의 텐트에서 자살했다.

바닥난 사기와 수적 열세로 인해 모르드군은 절망적인 패배를 했고, 가이만은 모르드를 손에 넣을 수 있었다.

모르드에서 벌어진 내전을 통해 가이만은 손쉽게 승리를 거두었지만, 전후 처리는 전쟁만큼이나 가이만을 힘들게 만들었다.

볼로뉴를 완전히 소화해 모든 면에서 체력이 강화된 가이만이었지만 손에 넣은 모르드를 정상화하는 과정은 힘겨운 장기 레이스였다.

우선 모르드 전역을 떠도는 유민들을 귀향시켜 정상적인 행정조직을 복구하는 작업부터 악전고투였다.

전쟁과 군인에게 시달린 유민들은 군복만 보이면 숨거나 도망을 쳤고, 패배를 승복하지 못한 모르드의 귀족들과 병사들이 모르드 전역에서 유격전을 펼쳤다.

"어째 볼로뉴 때보다 더욱 힘든 것 같아."

반년 가까이 계속 이어지는 야근과 회의로 지친 지그문트 국왕은 푸석푸석해진 얼굴을 마사지하면서 투덜거렸다.

국왕만큼이나 망가진 말버러 후작은 국왕이 앉은 소파 맞은편에 축 늘어진 채 지친 목소리로 대답했다.

"덩치가 다르잖아. 덩치가. 인구수가 150만에 불과한 나라와 800만의 나라가 같다면 그거야 말로 개사기지."

"완전히 일체화 하는 것은 차치하고 안정화시키는 것까지 걸리는 시간은 얼마라고 나왔냐?"

"5년."

"5년?"

"최소로 잡아서 5년. 완전히 하나로 되기까지는 적어도 30년은 걸려야 해."

"너무 길군. 마하트 하나 남았는데 5년을 기다려야 하다니……."

국왕의 푸념에 말버러는 지친 몸을 바로하고 술잔을 들었다.

"우리 옛날에 가출했을 때, 뱀이 돼지 잡아먹은 것 봤었지? 지금 우리는 지 덩치만한 멧돼지를 잡아먹은 뱀과 같은 상황이야. 그것도 완전히 죽은 놈이 아니라 마지막 한방을 터뜨릴 힘이 남아 있는 멧돼지를 삼킨 뱀과 같은 상황이란 말이지. 꿀꺽! 크~! 얌전히 소화가 될 때까지는 꼼짝도 못하는 상황이란 말이야. 잘못하면 배가 터져 죽어."

"하지만, 다음 목표가 마하트라는 것은 비밀도 아니잖아.

우리가 5년을 소비하는 것과 반대로 마하트는 5년을 버는 거
란 말이야.”

“지금 우리 군 12만이 모르드에 발이 묶인 상태야. 지금도
유격전을 벌이는 바보 놈들 때문에 하루에도 몇 십 명씩 죽어
나가고 있어. 이 상태에서 마하트를 치려면 추가로 10만 이상
의 병력을 징병해야 하는데 가이만을 모르드꼴 나게 만들고
싶어?”

“아쉽군, 아쉬워.”

“그 시간이 아까우면 모르드의 저 멍청이들을 최대한 빨리
정리해야 해.”

말버러의 대답에 지그문트는 손가락으로 테이블을 두들기
며 곤란하다는 표정을 지었다.

“너도 알지만 저들을 가장 빨리 정리하는 방법은 하나야.
그 어린애를 죽이고 루비콘 후작을 비롯한 양쪽의 고위귀족
들을 싸그리 목매달면 되는데……. 애를 죽이자니 좀 그래서
그래.”

“하지만 그 애가 가진 감투가 문제지. 모르드 왕국의 국왕
이야. 그 애가 남아 있는 한 저들은 의지할 곳이 있고, 저 아
이를 다시 복위시키겠다는 일념을 가지고 끝까지 싸울 거
야.”

“그렇겠지.”

“이거 알아둬. 네가 그 결정을 미루는 동안 너를 믿고 있는

너의 백성들이 죽어간다는 것을 말이야."

"죽어서 좋은 데는 못 가겠군."

"꿈도 크다."

결정을 내린 지그문트는 곧 빠르게 움직이기 시작했다.

우선 모르드의 잔존세력과 내통을 했다는 이유로 모르드의 어린 국왕에게 사약을 내리고, 그를 호종하던 구 모르드의 귀족들을 교수형에 처했다.

그다음에는 내전 당시 민간인 학살의 책임을 물어 루비콘 후작을 비롯한 구 모르드의 고위 귀족들을 모르덴그라드에서 공개처형에 처했다.

그다음에는 살아남은 모르드의 귀족들을 모조리 영지에서 추방하고 가이만 정부의 직할영지로 바꾸어 버렸다.

다시 돌아온 백성들에게는 세금을 인하해 주고, 실력있는 자들에게는 정관계 진출의 문호를 열어 가이만에 충성하는 세력을 넓혀가기 시작했다.

그 결과 모르드를 점령한 지 2년이 넘어가면서 유격전을 벌이는 구 모르드 귀족들의 세력이 크게 줄기 시작했다.

국왕이 죽고 나자 유격전을 지휘하는 귀족들 가운데 조금이라도 모르드 왕실과 혈연이 이어졌던 귀족들은 너나할 것 없이 자신이 모르드의 국왕임을 자처했고, 그 결과 대략 20개 정도의 대형 저항조직과 적게는 50, 많게는 90개가 넘는 소규모 저항조직의 연계가 전혀 이뤄지지 않게 되었다.

거기에 가이만은 유격군에게 협조하는 모르드 백성들은 단호하게 처벌함과 동시에 지난 내전에서 벌어졌던 학살 사건을 강조하고, 신고하는 자에겐 많은 상금을 주는 것으로 모르드 백성과 저항조직의 고리를 끊어나갔다.

조직들 사이의 연계가 이뤄지지 않고 백성들에게서 물자와 신규병력의 공급이 끊긴 저항조직들은 자신들이 입은 손실을 보충할 길이 없어 점점 약화되어 갔다.

그 결과. 많은 조직들이 가이만 군에 의해 전멸되었고, 상당수의 조직들은 투항해 목숨만을 구걸하는 처지가 되어버렸다.

모르드 점령 3년이 되자, 드디어 가이만은 모르드의 완전병합을 공식적으로 선언하게 되었다. 하지만 지난 두 번의 전쟁을 겪은 가이만의 백성들은 이것이 또 다른 전쟁의 준비를 알리는 것이라는 것을 잘 알고 있었다.

"니미……. 또 전쟁인감?"

농촌의 허름한 주막이나 도시 변두리의 주막에서 백성들은 술잔을 맞대고 국왕의 다음 행보에 대해 의견을 나누었다.

"그렇겠지."

"니미……. 이젠 전쟁 안 하면 안 되남? 이제 누가 우리 가이만을 건들겠어?"

"마하트가 남았잖아."

"강 건너 콕 박힌 놈들이 뭐가 무서워? 이제 좀 살만한데 또 쌈질이야. 쌈질이!"

술을 마시던 중년 남성이 소리치자 친구로 보이는 남자가 급히 주위를 살피며 손을 저었다.

"어허! 이 사람아! 좀 조용히 해! 무슨 경을 치려고!"

"치라지! 예로부터 없는 자리에선 나라님도 욕하는 법이야! 우리 국왕 욕심이 너무 커!"

남자의 대답에 다른 테이블에 앉아 있던 남자가 소리쳤다.

"이보시오! 댁은 다른 나라 안 가봤지?"

"안 가봤수다! 하루 벌어 하루 먹기도 힘든 판에 다른 나라 가는 것이 쉬워?"

"당장 이 나라 국경만 넘어가 봐. 장난 아니야. 동쪽과 남쪽에 제국이랍시고 들어선 나라들이 얼마나 센지 알기나 하쇼? 잘못하면 이 가이만이 먹혀!"

"그 제국이 여기는 왜 와?"

"그럼 우리나라는 왜 볼로뉴와 모르드를 먹었수?"

"그야……."

그의 말이 끝나자 또 다른 테이블의 남자가 끼어들었다.

"그렇게 제국들이 무서우면 가만히 힘을 키워야지, 쌈박질을 왜 해? 쌈박질을!"

"싸움을 해도 어느 정도 덩치가 맞아야지 싸움을 하지! 10살짜리하고 20살짜리가 싸우면 누가 이기겠소?"

"덩치 키운다고 쌈박질하면서 죽어나가는 병사들은 뭐고? 차라리 그렇게 죽어나가는 병사들을 잘 키우면 되잖아! 모자라면 더 뽑으면 되는 것이고!"

"세금 더 낼 거요? 난 세금으로 다 뺏기고 굶기는 싫소이다!"

"그, 그게 그렇게 되나?"

가이만 전역에서는 위와 비슷한 말다툼이 벌어지고 있었다. 하지만 촌이건 도시에서건 대부분의 백성들이 지금 돌아가는 대륙 정세를 알고 있었기에 투덜거리면서도 정부의 시책을 따르고 있었다.

모르드 점령 6년째가 끝나고 7년째가 되는 해가 시작되고, 새해 첫 공회에 참석한 지그문트 국왕이 귀족들과 민회의 대표들을 향해 선언했다.

"드디어 준비가 끝났음을 알리오! 이제 대가이만 제국을 향한 마지막 전쟁을 시작할 수 있소이다."

"드디어!"

"끝이다!"

"우와아!"

짝짝짝짝!

지그문트의 말을 이해한 귀족들과 의원들은 박수를 쳤다. 공회에 참석한 귀족들과 의원들은 지그문트 국왕이 제출한 개전안을 만장일치로 통과시켰고, 새해 첫 달이 가기 전에 가이만 전국에 개전을 알리는 포고문이 붙었다.

"전쟁이다!"

"마하트와의 전쟁이 시작된다!"

포고문을 읽은 백성들은 드디어 올 것이 왔다는 것을 깨달 았다.

"이 전쟁만 이기면 이제 지긋지긋한 전쟁은 안 해도 된다!"

"이기면 돼!"

"마지막 전쟁이다!"

개전에 따른 공출령이 내려왔지만, 백성들은 이 전쟁만 이 기면 전쟁의 공포에서 해방된다는 믿음으로 적극적인 호응을 보였다.

두 번의 전쟁이 있었을 때 유년기를 보낸 젊은이들은 전쟁 에서 공을 세워 입신양명을 하겠다는 꿈에 부풀어 군문에 지 원했다.

한편, 빌리스에서는 보다 적은 피해로 마하트를 정벌하기 위해 작전을 점검하고 새로운 방법이 있는지 계속해서 검토 를 했다.

정보부와 군부의 주요간부들이 참석한 확대회의에서 마하 트를 담당하는 중앙정보부 제1차장으로 승진한 미하일이 지 도 앞에 서서 설명을 하고 있었다.

"……보시다시피 마하트가 가진 첫 번째 방어벽은 이 그로스 강입니다. 좁은 곳은 400m, 넓은 곳은 2km에 달하는 거대한 강이며, 북쪽 동토지대에서 시작해 우리와 마하트의 경계를 만들며 흐르고 있습니다. 두 번째는 마하트로 들어가는 유일한 회랑인 '회색회랑' 입니다. 입구와 출구는 약 50m입니다만 중간 지점의 폭은 겨우 100m 밖에 안 되는 모래시계 형태의 회랑입니다. 세 번째는 바로 그 협곡의 가장 좁은 지점을 막고 선 요새 '마지노' 입니다."

"마지노에 관한 정보는 아직도 제대로 된 것이 없는가?"

마하트 침공군의 총사령관으로 내정된 드레이크 백작의 물음에 미하일은 고개를 숙였다.

"죄송합니다. 저 마지노가 건축된 이후 지금까지 제대로 된 정보가 유출된 적이 없습니다. 단 한 가지 확인한 것은 저 요새를 지키는 마하트의 군은 1만에 불과하지만 '5만이 와도 10만이 와도 모두 물리칠 수 있다' 라고 지휘관부터 병사들까지 자신한다는 점입니다."

"광오하군."

"그만큼 저 요새의 방어가 단단하다는 반증일 것입니다."

"그렇겠지. 수고했네."

드레이크의 치하의 미하일은 고개를 숙여 인사를 하고는 자기 자리로 돌아갔다.

드레이크는 회의에 참석한 지휘관들을 돌아봤다.

"이번 침공 작전에 1차적으로 동원될 병력은 15만일세. 문제는 교두보로 삼을 지역은 아무리 많이 잡아도 7만이 한계라는 점이야. 잘못하면 저 좁은 회랑에 막혀 축차소모를 통해 필요 이상의 출혈을 감내할 수밖에 없다는 점이야. 물론 급하면 추가로 더 병력을 뽑아낼 수 있지만, 마하트를 병탄하는 과정과 동부와 남부에 버티고 있는 제국들을 생각해야 하네.”

드레이크의 말에 테이블 한쪽에 있던 지휘관 하나가 손을 들었다.

“지난 6년 동안 정보조직이 확보한 정보가 너무 없습니다.”

그 발언에 뒤이어 여기저기서 불평의 소리가 이어졌다. 미하일은 자리에서 일어나 고개를 숙였다.

“그 점은 면목이 없습니다. 하지만 우리 군이 볼로뉴를 침공한 때부터 마하트의 보안이 강화되었습니다. 저 마지노 요새에 관련된 중요기밀은 마하트의 국왕과 왕자만이 볼 수 있을 정도입니다. 요새에서 휴가를 나오는 병사들을 회유해 봤지만, 그들에게서 얻은 정보가 겨우 아까 말씀드린 것뿐입니다.”

미하일의 답변에 드레이크는 혀를 찼다.

“상당히 훈련을 잘 받은 군대로군.”

“그들 스스로 자신들이 있는 요새의 가치를 잘 알고 있습니다.”

　"결론은 지난 6년 동안 이 좁쌀만큼의 정보로 계속 같은 소리를 되풀이 할 수밖에 없게 만들었지."

　"죄송합니다."

　미하일은 다시 사과를 할 수밖에 없었고, 회의실은 조용해졌다. 침묵이 이어지는 가운데 볼로뉴 출신의 지휘관이 손을 들었다.

　발언이 허락되자 장교는 자리에서 일어나서 지도 앞으로 걸어갔다.

　"확실히 대규모의 병력이 지나는 유일한 통로는 이 회색회랑밖에는 없습니다. 하지만 이 회색회랑에서 남쪽으로 내려가면 또 다른 통로가 있습니다."

　"통로가? 어디에?"

　드레이크의 물음에 지휘관은 구볼로뉴 지역과 면한 마하트의 한 부분을 손으로 가리켰다.

　"이 부분입니다."

　"그곳에서 좀 더 남쪽에 있습니다."

　미하일이 오류를 지적하자 드레이크는 미하일을 쏘아봤다.

　"정보부는 알고 있었던 것 같은데 어째서 말을 안했지?"

　"그 길은 인위적으로 만들어진 길입니다. 주로 밀무역을 하는 소규모 상인들과 밀입국자들이 쓰던 길입니다. 길이라고도 할 수 없습니다. 겨우 나귀 한 마리만이 지나갈 수 있을 정도의 소로입니다."

미하일의 지적에 처음 의견을 낸 지휘관이 받아쳤다.

"물론 그렇습니다. 하지만 공병부대가 이 길을 넓힐 수 있습니다."

"가능한가?"

"네. 정보부의 말대로 이 길은 인위적으로 만들어낸 길입니다. 하지만 상품을 운반하는 상인들이 만들어낸 길이기 때문에 절벽의 중간을 가로지른다던가 하는 위험한 지형적 장애물은 없습니다."

"물론 지형적 장애물은 없습니다만, 그 길도 협곡 사이를 가로질러 산을 타 넘어야 합니다. 확장엔 한계가 있습니다. 저희 정보부에서도 조사를 해 봤지만 최대한 넓힌다고 해도 폭 10m이상의 확장은 불가능합니다. 그리고 마하트도 그 길을 알고 있습니다. 지난 3년간 그 길에 대한 순찰이 강화되었습니다."

"그 사실은 알고 있습니다. 하지만 그쪽 산길이 지닌 한계는 마하트도 잘 알고 있으며, 예전에 저희가 확보한 정보로는 1000명 정도의 병력만이 배치되었을 뿐이었습니다. 물론! 지금이라면 병력의 증강이 있었겠지만 많아도 1만을 넘지는 않을 것입니다."

"흐음……."

드레이크가 콧소리를 내면서 생각에 잠기자, 긍정적인 방향으로 가고 있다고 생각한 발언자는 더욱 자신의 의견에 힘을 주었다.

"약간의 전투병과 충분한 수의 공병이 있으면 길을 만들 수 있습니다! 주공이 마지노 앞에서 적의 시선을 끄는 동안 이 고개를 뚫고 넘어가면 됩니다! 절대 많은 병력이 넘어갈 길은 필요없습니다. 마지노의 뒤통수를 칠 수 있거나 아니면 마하트의 수도 듀넨버그로 진격할 기동부대만 넘어가면 됩니다! 맡겨주십쇼! 반드시 성공시키겠습니다!"

"흐음……."

다시 궁리를 하던 드레이크가 시선을 돌려 심각한 표정으로 계산을 하는 장성을 불렀다.

"리브 공병감."

"넷!"

"얼마 정도의 병력을 빼줄 수 있나?"

"3만의 전투공병 가운데 1만을 뺄 수 있습니다."

"좋아! 대령. 귀관의 이름이 무엇인가?"

드레이크의 물음에 지도 앞에 선 발언자는 가슴을 피고 대답했다.

"죠수아 디골입니다, 각하!"

"좋아, 디골 대령. 5000의 경장보병을 지원해 주겠다. 그 길을 뚫어보게. 여기서 거기까지 가는데 걸리는 시간은 얼마나 걸리는가?"

“지금과 같은 겨울이라면 한 달 보름입니다, 각하!”

“좋아. 침공은 3월이니 보름 정도 여유가 있군. 주공이 그로스 강을 도하하는 것에 맞추어 도하를 해서 최대한 빨리 길을 뚫도록!”

“알겠습니다, 각하!”

디골은 힘차게 군례를 올렸다.

＊　　　＊　　　＊

회의실에서 내내 표정이 좋지 않았던 미하일이, 집에 돌아와서도 계속 불편한 표정을 짓자 보리스가 그런 미하일을 붙잡아 앉혔다.

“왜 그렇게 표정이 엿 같냐?”

“느낌이 안 좋아서 그래.”

“무슨 느낌? 아, 그 디골의 작전?”

“맞아. 마하트 인간들도 짱구가 아닌 이상 그 길을 알고 있고 이미 대비를 하고 있을 거란 말이야. 잘못하면 판돈만 까먹는 상황이 될 거란 말이야.”

“그게 걱정되면 아까 좀 더 반대를 하지 그랬냐?”

“반대를 하고 싶었지. 그런데 솔직히 그거 외엔 마지노를 피할 방법이 없었어.”

“그럼 그 작전이 성공하기만을 빌어. 덧붙여서 정보부의 지원도 좀 해주고.”

“이미 원하는 정보에 원하지 않던 정보까지 다 주었어.”

“그럼 잘 되기만을 열심히 빌어. 그 수밖에 없잖아?”

보리스의 말에 미하일은 술잔을 들며 피식 웃었다.

“술 앞에서?”

“좋잖아?”

가까스로 얼굴을 푼 미하일과 보리스가 대작을 하고 있을 때, 큰 마리가 집에 돌아왔다. 현관문을 열고 들어선 큰 마리의 표정을 본 보리스가 한숨을 쉬었다.

“넌 또 왜 부어있냐?”

“좀 싸우고 와서 그래.”

“싸움 누구하고?”

보리스의 물음에 큰 마리는 잔에 술을 따라 단번에 삼키고는 대답했다.

“나, 전쟁에 지원했어.”

“응?”

“왜?”

미하일과 보리스가 동시에 묻자, 큰 마리가 처연한 표정으로 대답했다.

“어찌되었든 내 고향이야. 그렇게 도망쳐 나온 지 10년이 넘었어. 이번에 가서 부모님의 무덤이 어디인지라도 봐둬야지.”

큰 마리의 말에 보리스는 큰 마리의 잔에 술을 채웠다.

"그래서 지원은 받아들여졌어?"

"한바탕 들었다 놓았더니 들어주더군. 마치루스님의 도움이 컸어."

"다행이군. 배속은?"

"아직 미정."

"그럼 우리와 함께 가자."

"안 그래도 그렇게 해달라고 부탁하려던 참이야."

큰 마리의 대답에 세 사람은 잔을 들어 부딪쳤다.

챙!

건배를 하고 잔을 비운 보리스가 아련한 목소리로 중얼거렸다.

"벌써 10년이 넘게 지났군……."

"오래됐지."

미하일의 대답을 듣는 보리스의 눈가가 조금씩 젖어들었다.

"우리도 이제 다 30대군……. 작은 마리는 잘 있으려나?"

"지금도 길드에서 필사적으로 찾고 있어. 그리고 작은 마리는 강한 아이야. 잘 있을 거야."

"그렇겠지?"

짧게 대답한 보리스는 입을 다물고 술잔만을 비워 나갔다. 보다 못한 미하일이 보리스를 말렸다.

"그만 마셔. 도하하자마자 교두보를 만들어야 하는 것이 네가 지휘하는 브레이커스야. 계획을 세워봐야지."

"그렇군."

미하일의 충고에 보리스는 정신을 차렸다. 옆에 던져 놓은 서류 가방을 뒤적이던 보리스가 미하일에게 물었다.

"길드에는 마지노에 관한 정보 없어?"

"옛날에도 이야기했잖아. 각국의 최고급 군사기밀은 아예 접근도 안 한다는 것이 길드의 방침이야. 그것이 또 생존전략이기도 하고. 그것이 아니었다면 내가 무슨 수를 써서라도 우리나라를 위해 정보를 물어왔겠지. 나도 우리 백성들 죽어나가는 것은 보고 싶지 않으니까."

"우리나라? 너도 많이 변했다. 예전에는 죽어도 가이만이라고 부르더니."

"세월이 흘렀잖아? 그리고 너도 나도 이제는 나라의 녹을 먹는 입장이고."

"참, 영감님은 어떻게 하신데?"

대화에 끼어들은 큰 마리의 물음에 보리스가 웃으며 대답을 했다.

"영감님은 마치루스님의 호위담당이 되었어. 노땅 둘이 아주 죽이 잘 맞았나 봐."

"가이만, 아니 대륙 최강의 노땅 듀오가 됐어."

"하하하!"

"호호호!"

거실에 앉은 세 사람은 크게 웃으며 마지막 전쟁을 앞둔 긴장을 풀어갔다.

"후우~."

길게 이어진 산맥 사이에 난 협곡 정상에 선 타포 남작은 길게 심호흡을 하고는 저 아래 흐르는 그로스강을 내려다봤다. 한참 동안 그로스 강을 바라보던 타포 남작은 시선을 돌려 협곡에 만들어진 길과 협곡을 살피는 부하들을 바라봤다.

"점검 끝났습니다. 대장님."

부관의 보고에 타포 남작은 다른 사항을 확인했다.

"척후에게서는?"

"아직 이상 징후를 발견하지 못했다고 합니다."

"경계조의 교대와 훈련은 확실하겠지?"

"네, 대장님."

"그래도 긴장을 풀지 말라고 해."

"알겠습니다, 대장님. 그런데……."

대답을 한 부관은 잠시 주저하다가 입을 열었다.

"그런데 가이만 놈들이 이곳으로 오겠습니까? 필시 대군으로 몰려 올 텐데 그럼 마지노만 잘 지키면 되는 것 아닙니까?"

부관의 물음에 말에 오르려던 타포는 등자에서 발을 빼고 몸을 돌려 부관과 주위에 선 병사들을 봤다.

병사들 역시 부관과 같은 표정인 것을 본 타포가 모두 들을 수 있도록 큰 목소리로 물었다.

"이보게. 왜 국왕전하가 줄도 없고 배경도 없는 나를 남작으로 승작시킨 이유가 무엇일까? 거기에 1000명만이 지키던 곳에 자작을 총대장으로 하는 병력 1만을 배치한 이유는 뭐라고 생각하나?"

"이곳으로 적이 올 것에 대비해서입니다."

"잘 아는군. 이곳에 길이 있다는 것은 볼로뉴도 알고 있었어. 그렇다면 볼로뉴를 먹은 가이만도 알겠지. 마지노를 넘으려면 엄청난 피를 흘려야 한다는 것은 가이만 놈들도 잘 알아. 1000명을 잃고 얻을 승리를 100명을 잃고 얻으면 지장이고, 10명을 잃고 얻으면 명장이 되는 법이야. 내가 가이만의 사령관이라고 해도 피를 볼 것이 빤한 마지노를 함부로 건들고 싶지는 않을 거야. 만약 저들이 이 길을 얻게 된다면 그걸로 끝날까? 당장 공병을 투입해 길을 넓히고 병력을 투입할 거다. 한 2만 정도의 병력만 이 길을 지날 수만 있다면, 그 병력으로 할 수 있는 일은 무궁무진하다. 당장 마지노의 뒷문을 열거나, 듀넨버그로 진격하거나, 마하트 전역을 돌며 난리를 피울 수도 있지. 알겠나?"

"알겠습니다."

"그럼, 병사들에게 확실히 설명시켜. 마하트의 존속은 이 고갯길을 좌우한다고."

"알겠습니다."

부관들과 병사들은 한 목소리로 대답을 했다. 타포는 매일같이 고갯길에 올라 함정들과 병사들의 진지를 확인했다. 보름째 되던 날, 고갯길 정상에 오르는 타포에게 척후를 보냈던 병사들이 허겁지겁 달려왔다.

"무슨 일인가?"

"놈들이 왔습니다!"

척후의 말을 들은 타포는 급히 말을 몰아 고갯길을 넘어갔다. 더 이상 말로 갈 수 없는 곳에 도착한 타포는 전속력으로 달려 강변이 보이는 관측점에 도착했다.

관측점에서 타포는 눈을 가늘게 뜨고 강 건너를 바라봤다. 맞은편 강변을 까맣게 메운 가이만 병사들을 본 타포는 입술을 깨물었다.

"올 것이 왔군. 모두 제1방어선으로 돌아간다!"

"넷!"

급히 제1방어선에 도착한 타포는 지휘관들을 소집했다.

"지금 이곳에 있는 병력은 모두 얼마인가?"

"제 1방어선 전체에 400명입니다. 대장님."

장교의 보고를 들은 타포는 즉시 전령을 불렀다. 전령이 도착하자 타포는 종이에 몇 자를 적어 전령에게 건넸다.

"지금 즉시 언덕 아래에 있는 니콘 자작에게 이 명령서를 전해라! 이 고갯길을 방어하는데 적어도 1000의 병력은 필요하다! 응원군을 보내달라고 전해!"

"알겠습니다!"

쪽지를 품에 넣은 전령이 말에 올라 사라지자 타포는 지휘관들을 돌아봤다.

"가이만군은 앞으로 길어야 두 시간 안에 도하를 시작할 것이다. 적들을 제1방어선에서 막아낸다! 함정들은 이상 없겠지?"

"이상 없습니다."

지휘관들의 대답을 들은 타포가 손바닥을 주먹으로 쳤다.

"좋아! 저놈들을 박살내자! 우리 마하트가 어떤 나라인지 보여줘!"

"알겠습니다!"

힘차게 대답한 지휘관들은 군례를 올리고 부하들에게 달려갔다.

타포의 예상대로 가이만 군의 도하준비는 두 시간 만에 완료되었다. 강변에 늘어선 보트들과 병사들을 본 디골은 병사들 앞으로 말을 몰아갔다.

병사들 앞에 선 디골은 큰 목소리로 외쳤다.

"병사들이여! 강을 건너 저 산을 넘어라! 저 산에 숨은 오합지졸들에게 전쟁이 무엇인지 가르쳐 주어라! 이 산에서의 승리로 브레이커스들에 버금가는 명예를 얻어라!"

"우와!"

"보트에 올라라!"

"우와아아아!"

명령이 떨어지자 가이만 병사들은 보트를 강물로 밀어 넣었다. 보트가 물에 뜨자, 병사들은 힘차게 노를 저었다.

"저어! 저어!"

"하낫! 둘! 하낫! 둘!"

구령에 맞추어 보트는 1km가 넘는 강을 가로질러 맞은편으로 다가갔다. 보트가 강변에 닿자, 교두보를 확보하기 위한 전투병들이 신속하게 보트에서 내려 강변의 모래사장을 달렸다.

"뛰어! 뛰어!"

방패와 창을 든 병사들이 강변을 벗어나 마른 땅에 교두보를 확보하는 동안, 보트는 기다리는 다음 번 병사들을 태우기 위해 뱃머리를 돌렸다.

보트를 모는 병사들의 노력 덕분에 1시간 만에 5000의 경장보병들이 도하에 성공했다. 마지막 순서의 병사들과 함께 도강한 디골이 동행한 공병장교를 돌아봤다.

"어떻습니까?"

“시작은 좋군요. 병사들이 전진하고 공간을 확보하면 공병부대를 도강시키겠습니다.”

“그러지요.”

계급은 같지만, 선임인 공병장교에게 군례를 취한 디골이 병사들에게 명령을 내렸다.

“전진!”

디골의 명령에 장교들이 부하들에게 명령을 내렸다.

“전진!”

“일어서라!”

병사들은 창과 검을 움켜쥐고는 눈앞에 보이는 소로를 따라 협곡을 오르기 시작했다.

“예상보다 넓군.”

고갯길 한쪽에 있는 바위에 오른 디골은 병사들이 오르는 길을 보며 지도를 살폈다.

예전에 이 길을 통해 밀무역을 했던 상인들에게서 확보한 지도에 첨부된 설명에 비교해 지금 병사들이 오르는 길은 예상보다 넓었다.

가까스로 나귀 한 필이 갈 수 있다던 길은 온데간데없고 적어도 병사 넷은 충분히 갈 수 있는 길이 디골의 눈앞에 있었다. 고개를 갸웃하는 디골의 옆으로 걸어온 장교 역시 의외의 보고를 했다.

"적들의 흔적이 보이지 않습니다. 이 길을 모르는 것일까
요?"

"설마. 상인들 사이에 지도까지 돌아다닐 정도로 알려진
길이다. 제정신 박힌 놈들이라면 이 길을 모를 수가 없지. 선
두부대와 척후에 다시 명령을 내려. 작은 흔적 하나라도 놓치
지 말라고."

"알겠습니다!"

*　　　*　　　*

가이만 군은 지그재그로 휜 길을 따라 봉우리와 봉우리 사
이에 난 협곡을 올랐다.

가이만 군이 숲길을 벗어나 양쪽이 얕은 절벽으로 막힌 길
에 들어서자, 절벽 위에 숨어 있던 마하트의 병사들 어깨에
힘이 들어가기 시작했다.

"온다! 준비!"

공격준비를 명한 마하트의 장교는 맞은편 절벽을 바라봤
다. 맞은편 절벽에 또 다른 병사들과 함께 선 지휘관이 자리
에 일어서서 오른팔을 크게 움직여 아래로 내리자, 장교는 병
사들에게 명령을 내렸다.

"잘라!"

"이야!"

　도끼를 손에 쥐고 있던 병사들은 함성과 함께 있는 힘껏 바위들을 묶고 있던 밧줄들을 내려쳤다.

　쿠르릉!

　밧줄들이 잘려 나가면서 밧줄로 고정된 채 덩굴에 가려져 있던 바위들과 통나무들이 절벽 아래에 있는 가이만군을 향해 떨어졌다.

　"기습이다!"

　"피해!"

　자신들을 향해 떨어지는 바위들과 통나무들은, 비명을 지르며 도망치는 가이만 병사들을 뭉개기 시작했다.

　"아악!"

　"살려줘!"

　순식간에 앞장서서 길을 올리던 백여 명의 병사들이 목숨을 잃거나 중상을 입고 땅에 쓰러졌다. 디골은 다급하게 명령을 내렸다.

　"절벽에 올라라! 절벽 위에 숨은 적들을 죽여라!"

　디골의 명령에 병사들은 절벽으로 향하는 급경사로를 올랐다.

　"실수다……."

　쉬쉬식!

　"화살이다!"

　"방패로 가려!"

"아악!"

절벽을 오르려던 병사들은 양쪽 절벽에서 쏘아대는 화살에 비명을 지르며 굴러 떨어졌다.

"뭣들하나! 궁수들은 아군을 엄호하라!"

디골의 명령에 가이만군의 궁수들은 절벽 위로 화살들을 쏘아대기 시작했다.

곧 절벽 위에서도 화살에 맞은 마하트의 병사들이 비명을 지르며 절벽 아래로 떨어졌다.

"화살을 쏴라! 절벽을 올라라!"

검을 뽑아 든 디골은 절벽에 올라서서 병사들에게 소리쳤고, 가이만의 병사들은 이를 악물고 절벽을 타올랐다.

가이만 군이 진군을 멈추고 절벽을 타고 오르기 시작하자 지휘관이 부하들에게 명령했다.

"퇴각한다!"

첫 전투 이후로, 가이만 군은 험난한 전투를 이어가야했다.

타포는 교묘하게 만들어진 함정과 기습으로 가이만 군의 희생을 강요했고, 얼마 안 되는 거리의 길을 오르기 위해 병사들은 목숨을 걸어야 했다.

계속된 전투로 인한 손실은 공병들까지 전투에 참여하게 만들었고, 가이만 군은 '가이만 군의 피로 포장된 도로' 라며 자신들이 오르는 길을 'Red line' 이라고 불렀다.

　한편, 전투가 지속되면서 함정을 모두 소모한 마하트군 역시 가이만 군의 진격을 몸으로 막아서야 했고, 가이만 군에게 희생을 강요하는 만큼 마하트 군의 희생도 점점 커져갔다.
　마침내 고갯길의 정상을 앞에 둔 마지막 방어진지에서 마하트 군과 가이만 군은 사흘에 걸쳐 공방전을 벌이게 되었다.

*　　　*　　　*

　"병력은 얼마나 남았나?"
　여기저기 찌그러지고 피칠갑을 한 타포는 수통의 물을 마시며 부관에게 물었다.
　"600명의 병력이 남았습니다."
　"그사이에 충원된 병력까지 따지면 2000명이 넘게 죽었군."
　"희생이 컸습니다."
　"아니. 지형이 우리를 도와줬어. 우리가 언덕을 오르는 경우이거나 평야에서 싸웠다면 병력의 열세인 우리는 첫날 전투로 전멸했을 거다. 니콘 자작에게서 연락은?"
　"지원부대가 오는 대로 언덕을 오르시겠다고 하셨습니다. 그리고 병사 일천을 이미 어제 올려 보냈다고 전해오셨습니다."
　"어제라면…… 오후엔 도착할 수 있겠군."
　"그렇습니다."

"그럼 우리가 버틸 일만 남았나?"

"그런 셈이군요."

타포를 비롯한 마하트의 병사들이 지친 몸을 추스르며 숨을 고르고 있을 때, 아래서부터 가이만 군의 함성이 들려왔다. 검을 의지해 몸을 일으킨 타포가 병사들을 돌아봤다.

"저들도 우리만큼 지쳤다! 조금만 견디면 지원군이 온다! 싸우고 싸워 저 가이만 놈들의 더러운 발이 마하트 안으로 한 발자국도 들어오지 못하게 막아라!"

"우와!"

병사들은 함성으로 화답하며 아래를 노려봤다. 잠시 후, 언덕 아래서부터 가이만의 병사들이 그들을 향해 올라왔고, 타포는 검을 앞으로 지르며 외쳤다.

"돌격!"

"우와아아!"

마하트의 병사들은 함성과 함께 언덕을 내달렸다.

한바탕의 혈전이 끝나고 가이만 군이 아래로 퇴각하자, 마하트의 병사들은 여기저기 주저앉아 지친 몸을 뉘었다.

바위에 등을 기댄 타포는 지친 눈을 들어 전장을 살폈다. 눈에 들어오는 곳마다 시체들이 겹겹이 쌓인 것을 본 타포는 한숨을 쉬었다.

"언제나 끝이 날까?"

한편, 타포들이 버티고 있는 곳에서 약 50m정도 떨어진 곳에서는 중간에 전사한 디골을 대신해 미클릭 공병대령이 병사들을 지휘했다.

"얼마 안 남았다! 저놈들만 처리하면 언덕을 손에 넣을 수 있다!"

"하지만 대령님. 병력이 얼마 안 남았습니다. 이제 2000의 병력만이 남았을 뿐입니다!"

"이틀만 버티면 돼! 이틀 후에 지원군이 온다!"

미클릭은 근처에 늘어선 병사들을 보며 외쳤다.

"전우들이여! 언덕 위의 적은 얼마 안 남았다! 저들을 쓰러뜨리면 이 레드 라인은 우리 가이만의 것이 된다! 이틀 후에 2만의 지원군이 온다! 전우들이여 힘을 내라!"

"우와!"

미클릭의 말에 힘을 업은 병사들은 함성을 질렀다.

"전우들이여 다시 올라가자! 모두 올라가자! 저놈들을 죽이고 이 언덕을 차지하자!"

"우오오!"

미클릭의 말이 떨어지자마자 가이만의 병사들은 함성과 함께 언덕을 올랐다. 위에서 그 광경을 보던 타포는 뒤쪽을 보며 한숨을 쉬었다.

"끝이로군……."

언제나 그의 옆에서 전투를 벌인 부관은 상처투성이의 몸을 바로 세우고 검을 들어 타포에게 예를 취했다.

"그동안 모실 수 있어서 영광이었습니다."

"나도 귀관과 같은 이와 함께해서 행운이었네."

타포는 살아남은 마하트의 병사들에게 검을 들어 예를 취했다.

"제군들과 같은 용사들과 함께 할 수 있어 영광이었네."

병사들은 지친 팔을 들어 군례를 올렸다.

"대장님을 모실 수 있어서 영광이었습니다."

병사들의 군례의 답례를 한 타포는 검을 어깨에 걸치고 앞으로 걸어나갔다.

"자~. 마하트의 남자들이 어떤 이들인지 보여주자!"

"우오!"

타포를 선두로 마하트의 병사들은 밀려오는 가이만군에게 덤벼들었다.

곧이어 역사에 길이 남을 '레드 라인' 최후의 전투가 벌어졌다. 양쪽은 자신을 향해 덤비는 적을 향해 검과 창을 찔렀다.

"아악!"

"내 눈!"

"죽어!"

적의 검에 팔이 잘린 병사는 다른 팔로 검을 들고 상대를 베었고, 자신의 무기가 부서진 병사들은 자신의 투구나 돌을 들어 적을 내리찍었다.

사방에서 비명과 욕설이 부딪치며 병사들은 사투를 벌였다.

"콜록 콜록!"

목에 먼지가 들어왔는지 콜록거리던 타포는 힘겹게 눈을 들어 주위를 살폈다. 방금 전의 전투와 달리 고요해진 전장을 보며 타포는 고개를 갸웃했다.

"너무 조용하군."

그렇게 주변을 살피던 타포는 저 앞쪽으로 자신의 부하들이 언덕을 내려가는 것이 보였다.

"이겼나?"

그렇게 타포가 궁금해하고 있을 때, 부하들의 가장 뒤에 서서 언덕을 내려가던 부관이 그를 돌아봤다.

타포를 본 부관은 미소를 지으며 손을 흔들고는 앞서서 내려가는 병사들의 뒤를 따랐다.

"이겼구나!"

타포는 검을 지팡이 삼아 몸을 일으켰다.

"욱!"

앞으로 걸음을 옮기던 타포는 다리에 통증이 오자 비틀거리며 검으로 땅을 짚었다. 다리에 난 상처를 본 타포는 혀를 차고는 검을 지팡이 삼아 부관과 병사들의 뒤를 따랐다.

"아악!"

언덕을 지키던 마하트의 마지막 병사가 비명과 함께 쓰러지자, 미클릭은 검을 위로 쳐들며 외쳤다.

"적들은 다 죽었다! 언덕을 넘어라!"

"우와!"

전투로 지친 병사들이었지만, 승리했다는 기쁨에 취한 병사들은 없던 힘을 다 짜내어 언덕을 올랐다. 언덕을 오르는 병사들을 본 미클릭은 병사들의 뒤를 따라 언덕을 올랐다.

"아악!"

선두에 서서 언덕 정상에 오른 병사들은 함성 대신 비명을 지르며 쓰러졌다. 곧 이어 언덕 위에는 마하트의 병사들이 길을 가득 채우며 모습을 드러냈다. 병사들의 선두에는 니콘 자작이 서 있었다.

"돌격! 적을 쓰러뜨려라!"

니콘 자작의 명령에 마하트의 병사들은 가이만의 병사들을 덮쳤다. 언덕에 오르던 병사들이 밀려 내려오자 미클릭 자작은 탄식을 토했다.

"틀렸구나!"

"적의 증원부대입니다!"

"후퇴해야 합니다!"

미클릭은 크게 손을 흔들며 병사들에게 외쳤다.

"후퇴! 후퇴하라!"

가이만의 병사들이 빠르게 물러나는 것을 본 니콘 자작이 뒤따르는 장교에게 명령을 내렸다.

"적들을 추격하라! 도망치지 못하도록 막아!"

"알겠습니다! 가자!"

니콘 자작의 명령을 들은 장교가 부하들을 몰고 가이만 군의 뒤를 좇는 동안 니콘 자작은 난전의 현장을 돌아봤다.

"부상당한 아군을 찾아라!"

"알겠습니다!"

"타포 남작은 어디 갔지? 전령!"

"네!"

"밑으로 가서 타포 남작이 있으면 올라오라고 전해!"

"알겠습니다!"

니콘 자작의 명령을 들은 전령이 밑으로 달려가자 자작은 부상자를 찾는 병사들에게 명령을 내렸다.

"혹시 부상자 가운데 타포 남작이 있는지 찾아라!"

"알겠습니다!"

자작의 명령에 병사들은 더욱 꼼꼼하게 쓰러진 군인들을 뒤졌다.

"타포 남작을 찾았습니다."

한참의 시간이 흐르고 수색을 담당했던 장교가 니콘에게

보고했다.

"그래? 그럼 모시고 오도록."

"저, 그것이……."

장교가 말을 흐리자 니콘 자작이 자리에서 일어났다.

"그 정도로 부상이 심한가? 큰일이군. 안내하게."

"이쪽입니다."

장교의 안내를 받아 걸음을 옮긴 니콘은 전장의 한쪽에서 타포를 발견할 수 있었다.

"이보게, 타……."

반가운 표정으로 말을 걸려던 니콘은 말을 멈추었다.

땅에 박힌 검을 쥔 양손에 이마를 기댄 타포 남작이 한쪽 무릎을 꿇은 자세로 굳어 있었다.

"전사하셨습니다."

니콘 자작은 무릎을 꿇고 앉아 검에 가려진 타포 남작의 얼굴을 바라봤다. 미소를 지으며 죽은 타포 남작을 본 니콘 자작은 몸을 바로 세우고는 검을 들어 예를 취했다.

자작 주위에 서 있던 장교들과 병사들 역시 정중하게 군례를 올렸다.

"가장 명예로운 죽음을 얻었군. 축하하네, 남작. 이 더러운 세상 어디서 이런 명예를 얻겠나? 편히 쉬게."

"편히 쉬십시오, 남작님."

6장
Broken heart

Hunter
Age

Broken heart

'레드 라인 공방전'이라 이름 붙은 격전의 소식은 가이만과 마하트 양국에 퍼졌다.

"허 참……. 볼로뉴 전쟁 이후로 첫 패배로군."

패전의 소식을 들은 드레이크는 혀를 찼다.

"지금이라도 병력을 파견해야 합니다!"

지휘관들의 진언에 드레이크와 만토이펠 등 고참 지휘관들은 고개를 저었다.

"아니, 이제는 보낼 필요없네. 마하트는 단단하게 대비를 하고 있을 거야. 그리고 독까지 바짝 올라 있을 것이고 말이지. 그 언덕을 손에 넣으려면 만만치 않은 피해를 낼 것이 확실하고, 그 길을 손에 넣어봤자 주공이 넘기엔 너무 좁아.”

“하지만 마지노 역시 쉬운 곳은 아닙니다.”

“잘 아네.”

드레이크는 혀를 찼다.

“이번 전쟁에서 우리는 상당한 출혈을 감수해야 하겠군.”

드레이크의 말에 동석한 지휘관들 역시 한숨을 쉬었다.

“내일부터 마지노를 공략한다. 각오 단단히 하도록.”

“넷, 각하!”

“그럼 가서 준비하도록.”

드레이크의 말에 지휘관들은 군례를 올리고 드레이크의 천막을 나섰다. 천막에 홀로 남은 드레이크는 자신의 트렁크를 열고 두 개의 잔과 술병을 꺼냈다.

두 개의 잔에 술을 채운 드레이크는 한 개의 잔을 손에 들었다.

“타포 남작이라고 했던가? 부러운 친구야. 이 더러운 세상에서 명예를 얻었으니.”

드레이크는 잔을 높이 들었다.

“편히 쉬게, 남작.”

“가이만의 상황은 어떠한가?”

“여전히 강 건너에서 꼼짝도 안 하고 있습니다.”

가이만과의 전쟁을 대비해 마지노 요새로 달려온 라임 왕자의 물음에 마지노 요새 사령관 비씨 폰 마지노 백작이 대답을 했다.

"미안하네. 레드 라인으로 병력을 보내느라 1만밖에 데려오지 못했네."

"그 병력이면 충분합니다. 이 요새를 넘을 적은 어디에도 없습니다."

"가이만은 1차로 15만을 동원했는데, 우리는 용을 써야 7만이니……."

"어쩔 수 없는 일 아닙니까? 그 망할 공작들이 원수지요."

"10년이란 시간이 결코 적은 시간이 아니었건만……."

라임은 이미 옛날에 형장의 이슬로 사라진 두 공작들을 향해 분통을 터뜨렸다.

자신들의 이익을 위해 나라가 어찌되든 생각도 안했던 두 공작과 그들의 파벌로 인해 쇠약해진 국력을 다시 키우는 데에만 10년이 걸린 마하트였다.

"후방의 병력 배치는 어떻게 됩니까?"

"레드 라인에 3만, 수도에 2만일세……."

"레드 라인은 몰라도 수도에 있는 친구들은 심심하겠군요."

"반대로 이곳이 뚫리면 마하트는 끝장인 것이지."

"심려 놓으십시오. 저들은 이곳을 뚫지 못합니다."

"하지만 저들에게는 현자인 것이 확실한 마치루스가 있

다네.”

“마치루스라고해도 저 석벽을 뚫지는 못할 것입니다. 그리고, 왕자님이 데리고 오신 마법사들을 상대한다면 그는 없는 셈을 쳐야겠지요.”

“그렇겠지. 한 손으로 열 손을 막을 수는 없는 법이니까. 하지만, 방심은 금물이네. 다시 말하지만 이곳이 뚫리면 마하트는 끝장이야.”

“각골명심하겠습니다.”

라임이 계속해서 주의를 주자 비씨는 군례를 취하며 자신만만하게 대답했다.

＊　　　＊　　　＊

다음날 아침. 날이 밝자마자 가이만 군은 도강을 시작했다.

“놈들이 강을 넘는다!”

“화살을 쏴라!”

“쇠뇌를 싸라!”

마하트쪽 강변에 대기하고 있던 마하트의 병사들은 가이만의 군선들이 가까이 다가오자 화살과 쇠뇌를 쏘기 시작했다.

하지만 단단히 준비한 가이만 군의 방어에 의해 화살 공격은 별다른 피해를 내지 못했고, 몇 발의 쇠뇌만이 소수의 가이만 군선을 침몰시켰다.

쿠쿵!

"적선이 도착했다!"

"교두보를 확보하지 못하게 막아!"

강변에 군선들이 올라앉고 군선에서 병사들이 튀어나오자, 마하트의 병사들은 달려오는 가이만 병사들에게 화살을 날렸다.

"아악!"

"컥!"

적진을 향해 달리는 가이만 병사들이 화살에 맞아 쓰러지는 와중에 강변에 발을 디딘 보리스가 고함을 쳤다.

"브레이커스!"

"우와!"

"소형 방진을 짜라! 돌격이다!"

보리스의 명령이 떨어지자마자 상륙에 성공한 브레이커스들은 훈련대로 50명씩 진을 짜 적진을 향해 밀려들어갔다.

브레이커스들이 밀고 들어오자 방어군을 지휘하던 마하트 군 장교가 미소를 지었다.

"계획대로 되어가는 군. 후퇴!"

"후퇴하라!"

브레이커스들에 비해 무장이 가벼운 마하트의 병사들은

빠른 속도로 마지노 요새로 후퇴했고, 브레이커스는 큰 피해 없이 강변을 장악했다.

"브레이커스, 전진! 공간을 확보하라!"

보리스의 명령에 완전한 대형 밀집방진을 짠 브레이커스가 회랑의 안쪽으로 밀고 들어갔다. 브레이커스가 공간을 확보하면서 점점 더 많은 가이만의 병사들이 강을 건너왔다.

뿌우웅~.

강을 건넌 본진에서 들리는 나팔소리에 보리스는 손을 들었다.

"오늘 전투는 여기까지다! 본진으로 돌아간다!"

해가 진 다음, 드레이크의 대형 천막에서는 회의가 벌어졌다.

"6만이 도강에 성공했습니다. 나머지 7만은 내일부터 계속해서 넘어올 것입니다."

"예상보다 마하트의 저항이 약했습니다."

"그만큼 마지노를 믿는다는 소리겠지."

드레이크의 비평에 만토이펠이 고개를 끄덕였다.

"반대로 생각하면 마지노가 뚫리는 순간이 마하트의 최후가 되겠지요."

"그렇겠지. 그럼 내일 일을 생각해 봅시다."

드레이크의 말에 만토이펠이 자리에서 일어났다.

"내일부터 공성전이 벌어집니다. 공성전만큼 공격자가 곤란한 전투는 없습니다. 계획은 빌리스에서부터 이미 세웠었지만 다시 한 번 제군들의 의견을 듣겠소."

만토이펠의 말에 보리스가 자리에서 일어섰다.

"우선적으로 주의할 점은 저 마지노 앞쪽에 만들어진 석벽입니다. 석벽이 없다면 정석대로 브레이커스를 위시한 중장보병대가 전진을 하고, 중장보병대가 적의 공격을 막는 동안 경장 보병대가 공성을 하는 전통적인 방법을 사용할 수가 있지만 저 석벽이 무너져 길을 막는다면 중장보병대의 이점이 없어집니다. 엉망으로 변한 지형으로 인해 중장보병대 특유의 밀집방진을 취할 수 없게 됩니다."

"동감입니다."

보리스의 발언에 중장보병대 지휘관들이 고개를 끄덕였다. 그러자 이번엔 경장보병대의 지휘관이 자리에서 일어났다.

"하지만, 그렇게 된다면 경장보병대도 문제가 커집니다. 돌격을 할 동안 방어를 대신해 줄 중장보병이 없다면 성벽에 오르기도 전에 막대한 피해를 입을 것입니다."

"맞습니다."

경장보병대 지휘관들의 발언에 만토이펠은 공병대 지휘관들을 돌아봤다.

"그렇다면 지난 볼로니아 공성전에서처럼 쇠뇌와 투석기

를 이용해 성벽을 두들기는 것은 어떻소?"

만토이펠의 물음에 리브 공병총감이 고개를 저었다.

"사거리는 됩니다. 하지만 적들에게 타격을 줄만큼 충분한 수의 공성병기를 설치할 공간이 없습니다."

리브 총감의 말을 들은 드레이크가 한숨을 쉬었다.

"과연 저놈들이 마지노를 믿는 이유가 있었군. 성벽을 조사한 마법사들에게서 무슨 보고는 있소?"

"외형적으로 보면 높이 5m. 폭 25m, 길이 100m의 석벽으로 안쪽에 무엇인가 있는데 확인이 힘들답니다."

"으응?"

"내부를 볼 수 없는 마법진이 설치되어 있다고 합니다. 상당히 복잡한 마법진이어서 마치루스님이 해석하는데도 상당한 시간이 걸린다고 합니다."

"허어……."

한숨을 쉰 드레이크는 벽에 걸린 마지노 성의 평면도를 보며 이런저런 궁리를 했다.

"저 석벽이 무너지면 마지노 요새 앞 100m는 순식간에 40m로 줄게 되는군."

중얼거리면서 계속 계산을 하던 드레이크가 결론을 내렸다.

"골치 아프군. 만약 저 석벽이 단순히 진입로를 줄이기 위한 목적으로 만들어진 것이라면 저 석벽을 손에 넣어 마지노를 공략하는 보조 수단으로 삼을 수 있소. 하지만 저 석벽이 무너져 길을 막게 설계되고 그 안에 우리가 알 수 없는 무엇인가가 있다면 또 막다른 길에 서게 되오. 가장 급선무는 저 석벽이 어떤 놈이냐는 것을 아는 것이오. 이렇게 합시다.”

전쟁터에서 산전수전을 다 겪은 드레이크가 설명을 하기 시작하자, 지휘관들은 정신을 집중해 드레이크의 설명을 경청했다.

회의를 끝낸 보리스와 미하일이 피곤한 표정으로 텐트에 들어서자, 텐트에서 기다리고 있던 큰 마리가 보리스를 맞이했다.

“회의가 꽤 길었네?”

“어쩔 수 없었어. ‘도대체 마지노에 무엇이 있기에 마하트가 저리도 자신만만한가?’ 에 대한 답을 모르거든. 그것을 알기 전까지는 ‘꼼짝 마라’ 지 뭐.”

“마법사들이 뭐 알아낸 것은 없어?”

“아쉽게도 없어. 지금 마치루스님이 계속 연구 중이신데 무척 난해한가 봐.”

“도대체 누가 만든 거야?”

미하일이 투덜거리자 큰 마리가 해답을 내놓았다.

“200년 전부터 100년 전까지 대륙 유일의 8서클 마법사 파우스트의 마지막 작품이야.”

"길드에 그런 기록은 없던데?"

"당연히 비밀이었으니까. 나도 '꿈꾸는 벤'이 남긴 기록을 통해서야 알았어. 파우스트는 마하트 출신이었고, 자신이 죽기 전에 마하트의 방어를 위해 만들었다고 기록되어 있어. 파우스트는 저 요새 건축에 관여하면서 '이것이 완성되면 누구도 마하트를 침략할 수 없고, 마하트도 남을 침략할 수 없을 것이다'라고 공언했다고 해"

"확실히 들고 나는 길이 하나밖에 없으니까……."

"덧붙여 저 요새를 만드느라 가뜩이나 가난했던 마하트 왕가가 그 모양이 된 것이고."

큰 마리에 이어 미하일의 부연설명을 들은 보리스가 큰 마리에게 물었다.

"마법진이라면 마나를 공급해야 하는데, 그러는 과정에서 흘러나온 것은 없어?"

보리스의 물음에 큰 마리는 고개를 저었다.

"없어. 얼마나 교묘하게 만들어졌는지 마나 공급진과 마법진이 따로 위치하고 있어. 마법사들이 볼 수 있는 것은 마나 공급진 뿐이야."

"지독하군."

고개를 설레설레 젓는 미하일과 달리 보리스의 얼굴색은 더욱 안 좋아졌다.

"안 좋아. 그렇게 열심히 숨기는 것이라면 절대 장난이 아

닐 거야. 내일 최소한의 피해로 작전이 성공하기만을 빌어야
겠군. 후우~."

보리스는 수심이 가득한 표정으로 한숨을 쉬었다.

＊　　　＊　　　＊

'회색 회랑'을 구성하는 절벽 위에서 아이히만은 절벽 아
래에 있는 마지노 요새와 가이만 군의 진지를 보며 키득거렸
다.

"킥킥킥! 좋아, 좋아! 이제 파우스트 선배가 만든 그 마법진
이 무엇을 숨기고 있는지 알 수 있겠군. 뭐? 마지노가 있는 한
그 누구도 마하트를 침공할 수 없고, 마하트 역시 남을 침략
을 할 수 없다고? 선배의 그 호언장담이 얼마나 쉽게 무너지
는지 내일 보여주지. 킥킥킥킥!"

한참 동안 킥킥거리던 아이히만은 몸을 돌려 자신의 은거
지로 향했다. 결계로 위장된 은신처로 들어선 아이히만은 한
쪽에 만들어진 유리관에 잠들어 있는 작은 마리와 그 앞에 놓
인 붉게 빛나는 수정구들을 바라봤다.

수정구를 쓰다듬으며 아이히만은 다시 킥킥거렸다.

"킥킥킥! 깨달음이 없으면 고서클도 없다고? 그러면 수식
을 외우고 마나의 농도만 높이면 끝나는 5서클 이하의 마법
은 무엇이지? 깨달음을 통해 얻는 것은 농도가 높고 용량이

큰 마나일뿐 마법은 수식과 주문이 얼마나 쉬우냐 복잡하냐
만을 따지는 것일 뿐이야. 내일, 이 대륙의 그 잘난 마법사들
에게 내 성과를 보여주지. 크하하하하!"
　아이히만은 가슴을 펴고 결계 안이 떠나가라 웃어 젖혔다.
　"내일, 가이만과 마하트는 나로 인해 죽도록 싸울 것이다!
그 싸움의 결과는 대륙을 울릴 나 아이히만의 이름이 될 것이
다! 아하하하하하하!"

＊　　　＊　　　＊

　다음날 날이 밝아오자 양국의 군대는 전투를 준비하기 시
작했다. 가이만 경장 보병대의 장교들은 병사들 사이를 돌아
다니면서 단단히 주의를 주었다.
　"잊지 마라. 저 석벽에 이상이 생기거나 본진에서 신호가
오면 두말말고 즉시 후퇴해야 한다. 알겠지?"
　"알겠습니다."
　"절대 잊지 마!"
　"넷!"
　병사들의 대답을 들은 장교는 병사들의 어깨를 가볍게 두
들기고는 자기자리로 돌아갔다.
　"돌격조 준비!"
　"궁병대 준비!"

“공병대 준비!”

지휘관들의 외침이 터지자, 뒤를 이어 병사들의 대답이 들려왔다.

“완료!”

“시작하지.”

병사들의 준비를 확인한 드레이크가 담담하게 명령을 내리자, 만토이펠이 나팔수에게 신호를 주었다.

빠빠빠바바밤!

사령부에서 나팔 소리가 들리자 곧 여기저기에서 나팔 소리가 들리기 시작했다.

“당겨!”

콰앙! 투웅!

나팔 소리를 들은 장교가 손을 내리자, 뒤쪽에 위치한 쇠뇌와 투석기가 대형화살과 돌덩이들을 마지노 요새를 향해 쏘기 시작했다.

“돌격!”

돌과 대형화살이 하늘을 가르자, 경장보병대의 장교들은 병사에게 명령을 내리고 앞으로 달려 나갔다.

“우와아아!”

장교의 뒤를 이어 경장보병들이 함성과 함께 마지노 요새를 향해 회랑을 달렸다. 뒤이어 달려 나온 궁수들이 마지노 요새의 성벽을 향해 화살들을 쏘기 시작했다.

“온다!”

“엎드려!”

돌덩이들과 대형 화살이 날아오는 것을 본 마하트의 장교들이 크게 외쳤고, 병사들은 즉시 성벽 안쪽으로 몸을 엎드렸다.

콰앙! 콰앙!

“아악!”

돌덩이와 대형 화살에 직격을 당하거나 성벽이 만들어낸 파편에 맞은 병사들이 비명을 지르자, 곧 다른 병사들이 달려와 부상을 입은 병사들을 뒤로 끌고 갔다.

“빈자리를 메워라!”

자리가 비는 것을 본 장교의 명령에 대기 중이던 병사들이 빈자리를 메우고 마지노를 향해 달려오는 가이만의 보병들을 노려봤다.

“훈련이 잘 되어 있구려.”

“감사합니다.”

튼튼하게 만들어진 장대에서 그 광경을 본 라임왕자가 흡족한 표정으로 치하하자 비씨 사령관은 당연하다는 표정을 지으며 고개를 숙였다.

“화살이다!”

“몸을 숙여라!”

뒤이어 가이만 군이 쏜 화살들이 새까맣게 하늘을 메우며 날아오자 마하트의 병사들은 다시 성벽의 그림자에 몸을 숨겼다.

맹렬한 엄호 속에 가이만의 병사들이 점점 다가오자, 라임 왕자가 비씨 사령관을 돌아봤다.

"때가 되었군."

"너무 이른 것 아닙니까?"

"기왕이면 우리 병사들의 피해도 적은 것이 좋소. 쓸데없이 커지는 피해는 서로 안 좋지. 우리는 저들이 우리나라를 침략하려는 것만 막으면 되오."

마치 승자가 아량을 베푸는 것 같은 라임 왕자의 말에 비씨 사령관은 고개를 끄덕였다.

"알겠습니다."

비씨 사령관은 마법진 앞에 서 있는 마법사들에게 손짓을 했고, 마법사들은 한쪽 벽면을 가득 채운 마법진에 손을 대고 주문을 외웠다.

쿠룽!

"무슨 소리지?"

눈앞에 보이는 요새의 성벽을 보며 달리던 병사들 가운데 석벽에 가까이 붙어 있던 이들은 귀를 자극하는 소음에 속도를 늦췄다.

쿠르릉! 후드득!

소음의 근원을 찾아 눈을 돌리던 병사들은 석벽에 금이 가며 돌가루가 떨어지기 시작하자 고함을 쳤다.

"석벽이 무너진다!"

"석벽이 무너진다!"

병사들의 외침을 들은 장교들은 즉시 걸음을 멈추고는 팔을 크게 돌리며 고함쳤다.

"후퇴! 후퇴!"

"즉시 후퇴하라!"

"후퇴한다!"

콰르르룽! 꾸룽!

"으아아!"

마침내 천둥치는 소리와 함께 석벽들이 떨어져 내리자 후퇴하던 병사들은 죽을힘을 다해 본진으로 내달렸다.

꽈르룽!

"아악!"

"쿠억!"

"살……."

이미 준비를 했음에도 불구하고, 상당수의 병사들이 떨어져 내리는 돌덩이와 사방에서 튕기는 돌덩이에 목숨을 잃었고 곧 회랑은 자욱한 흙먼지에 뒤덮였다.

"부상자들의 수용을 서둘러라!"

"입과 코를 가려라!"

자욱한 먼지 속에서 양측의 병사들은 부상자를 옮기기 위해 부지런히 움직였다. 시간이 흘러 먼지가 가라앉자 드레이크는 손바닥을 비비며 중얼거렸다.

"어디…… 무엇을 숨겼나 보자……."

먼지가 점점 가라앉으면서 가이만의 군인들은 지위고하를 막론하고 과연 무슨 일이 일어났는지 보기 위해 시선을 회랑에 모았다.

마침내 먼지가 가라앉고 사물이 또렷이 보이자 누군가 소리쳤다.

"저게 뭐야!"

*   *   *

파우스트가 만든 마법이 실행되자 회랑안의 모습은 크게 변해 있었다. 무너진 석벽의 파편들은 드레이크의 예상보다 훨씬 넓은 지역을 엉망으로 만들어놓고 있었다.

하지만 모두의 시선을 끌고 있는 것은 무너진 석벽 안에 감춰져 있던 나무들이었다.

몸통과 가지, 이파리가 모두 붉은 나무들이 무너진 석벽 안쪽에 수를 셀 수 없이 자라고 있었고, 그 가운데 몇몇 나무들의 가지에는 사람과 짐승들의 뼈가 대롱거리며 매달려 있었다.

“저게 뭐냐?”

섬뜩한 붉은 빛의 나무를 본 가이만 병사들은 원인을 알 수 없는 두려움에 조금씩 뒤로 물러섰다.

“썅!”

그런 가운데도 담력이 큰 몇몇이 나무로 접근하자 뒤에서 비명에 가까운 외침들이 터져 나왔다.

“다가가지 마! 다가가면 죽어!”

“헉!”

경고를 들은 병사들이 급히 뒤로 물러서자 마법사들이 달려 나왔다.

“모두 저 나무들에 접근하지 마시오!”

“저 나무에 접근하면 죽소!”

마법사들이 계속 경고를 하고 돌아다니자 장교 하나가 마법사들에게 물었다.

“대체 저 나무들이 뭔데 그러는 것이오?”

장교의 물음에 마법사가 큰 목소리로 대답했다.

“저 나무가 그 유명한 식인목 블러드 체리요!”

“헉!”

나무들의 이름을 들은 병사들은 순식간에 썰물 빠지듯이 물러섰다.

마치루스를 비롯한 마법사들을 불러 모은 드레이크와 지휘관들은 긴급회의를 가졌다.

"정말 블러드 체리가 맞습니까?"

"맞다네."

마치루스의 답변에 드레이크는 앓는 소리를 내었다.

"처리법은 없습니까?"

"적어도 엑스퍼트급에 이른 기사는 되어야 저 나무를 자를 수 있네. 문제는 저렇게 모여 있으니 자르려 들어간 기사들의 생존은 물으나 마나지."

"마법으로는 안 됩니까?"

"어지간한 마법에는 끄떡도 안 하네. 적어도 6서클의 화염 마법을 써야 해."

"마치루스님이라면?"

마치루스는 고개를 저었다.

"나로서도 무리야. 전력을 쏟는다면 한 1/5은 태울 수 있지만, 그다음에 적어도 3개월은 쉬어야 해. 그 3개월이면 저 빈 자리는 도로 채워질 거야. 태운 다음에 그 뿌리를 캐내어 용광로에 넣고 태워야 하는데 나머지가 멀쩡하니 들어갈 수가 없지."

"허어……."

"달리 지상 최강의 몬스터란 별명이 붙은 것이 아닐세."

최강의 복병을 만난 드레이크는 한숨을 쉬며 머리를 싸매었다. 계속해서 한숨을 쉬던 드레이크가 지휘관들에게 명령을 내렸다.

"우선 부하들이 경거망동하지 않도록 감독하게. 병사들을 안정시킨 다음에 논의를 계속하지."

"알겠습니다."

지휘관들 역시 답답한 표정을 지으며 텐트를 나갔다.

"크하하! 선배……. 역시 선배는 걸작이오! 블러드 체리라니! 크하하하!"

한참 동안 웃어젖히던 아이히만은 뒤를 돌아봤다. 그곳에는 핑크색의 오라를 발하는 작은 마리가 서 있었다.

"준비는 다 되었느냐?"

"네, 마스터."

"그럼, 저 양쪽의 병사들을 저곳으로 몰아넣어라."

"알겠습니다. 마스터."

대답을 한 작은 마리는 하늘로 날아올랐다.

"저게 블러드 체리라며?"

"그렇다더군. 잡히기만 하면 뼈만 남고 낼름낼름 먹힌다던데?"

"흐미~. 아까 모르고 들어갈 뻔했는데 십년감수했구먼."

가이만의 병사들은 눈앞에 있는 블러드 체리들을 보며 수군거렸다.

농반진반으로 대화를 나누는 병사들의 심장은 공포와 흥분으로 인해 빠르게 박동하고 있었다.

"응?"

"왜?"

"저기 여자가?"

나무를 보던 병사들은 손을 들어 블러드 체리의 숲을 가리켰고, 주변에 있던 병사들의 시선도 그들의 손가락을 따라 움직였다.

그들의 손가락이 가리킨 곳에는 은발의 소녀들이 서 있었다. 한편 숲에서 조금 떨어진 곳에서도 은발의 소녀들이 병사들 사이로 나타났다.

"누구냐!"

소녀들에게 무기를 겨누었던 병사들의 눈은 곧 흐릿하게 풀려가기 시작했다.

소녀들의 몸에서는 향긋한 향기가 흘러나왔고 그 향기는 곧 가이만 군의 진영 전체를 감싸기 시작했다.

"응!"

"이게 무슨 일이냐!"

6서클 이상의 마법사들과 엑스퍼트급 이상의 기사들이 이상을 느끼고 주변을 살폈을 때는 이미 그들보다 정신력이 떨어지는 병사들의 눈은 완전히 풀려 있었다.

"이것도 그 파우스트란 마법사의 작품입니까?"

"알 수 없네. 내가 알기로 그는 정신계 마법은 젬병이었어!"

"풀 수 없습니까?"

"수가 너무 많아!"

드레이크는 마치루스에게 해결 방안을 물었지만, 마치루스는 계속해서 고개를 저었다.

한편, 갑자기 발생한 비상사태에 보리스와 미하일, 큰 마리는 주변을 살폈다.

이지를 상실 한 채 흐느적거리는 병사들을 본 세 사람은 즉시 브레이커스들의 부대원들을 살폈다. 다행히 큰 전투를 겪고 보리스에게 단련된 장교들과 고참 병사들은 정신을 차리고 있었기에 보리스는 즉시 명령을 내렸다.

"브레이커스, 주목!"

보리스의 외침에 이성을 유지하던 장교들과 병사들의 눈이 보리스에게 집중되었다.

"지금 즉시 주변에 눈깔 돌아간 놈들은 소속과 계급을 불문하고 기절시켜!"

"네?"

"즉시 실행하라!"

"알겠습니다!"

보리스의 명령에 장교들과 병사들은 몽둥이와 삽자루, 곡괭이 자루를 들고 흐느적거리는 병사들을 두들겨 패기 시작했다.

"이게 무슨 일인가!"

은발의 소녀들을 보고 이지를 상실한 병사들이 무더기로 발생한 것은 마하트도 마찬가지였다. 라임 왕자는 비씨 사령관을 붙잡고 이유를 물었지만, 비씨 사령관은 진땀을 흘리며 우물거렸다.

"그게…… 저도 잘……."

"젠장! 마법사들은 어떠한가!"

마법사들이 있던 곳을 본 라임왕자는 한숨을 쉬었다. 그곳에도 세 명의 마법사들이 이지를 상실한 다른 마법사들의 뺨을 때리며 어찌할 바를 모르고 있었다.

그러는 동안 은발의 여자들이 행동을 하기 시작했다.

-이봐요…….

"으응?"

-이름이 어떻게 돼요?

"나아?"

-후훗! 그래요. 당신.

"빌"

-그럼, 비이일……. 나하고 재미있게 놀래요?

"재미있게?"

-네에……. 나를 잡아봐요……. 나를 잡으면 마음대로 해도 되요…….

"정말?"

-그럼요. 후훗! 나 잡아 봐요~!

멍하니 눈이 풀려 있던 빌은 은발소녀를 따라 비척비척 걸음을 옮겼다.

-나 잡아 봐요~.

그런 소녀를 잡기 위해 빌이라는 병사는 블러드 체리의 숲으로 뛰어 들어갔다.

"우와!"

"이야!"

빌의 뒤를 이어 수많은 가이만의 병사들이 블러드 체리의 숲으로 뛰어들었다. 마찬가지로 마하트의 성벽에서도 많은 병사들이 줄을 타고 내려오거나 아니면 그 높은 성벽에서 땅을 향해 뛰어내렸다.

그 광경을 본 양국의 지휘관들은 모두 비명을 질렀다.

"이런 맙소사!"

"아악!"

블러드 체리의 숲에 뛰어든 병사들은 곧장 블러드 체리의 사냥감이 되었다.

블러드 체리에서 퍼져 나온 수십 개의 가지들은 병사들을 휘어 감았고, 가지에서 튀어나온 수십, 수백 개의 날카로운 이빨들이 병사들을 씹기 시작했다.

"이익! 비켜!"

"죽어!"

여인에게 홀린 병사들과 기사들은 검과 도끼로 미친 듯이 블러드 체리를 찍어 내렸다. 처음엔 이도 안 들어가던 블러드 체리였지만, 수만의 병사들이 두들겨대자 조금씩 부서져 나갔다.

꺄아악!

"커억!"

"크악!"

상처를 입은 블러드 체리가 지르는 비명에 근처에 있던 병사들은 눈과 귀에서 피를 흘리며 목숨을 잃었다.

하지만 더 많은 병사들이 블러드 체리에 달라붙었다.

"이런 젠장!"

눈앞에서 벌어지는 참극에 보리스는 분통을 터뜨렸다.

"브레이커스!"

"넷!"

"지금 즉시 6인 방진을 구성해 저 미친놈들을 조져 버려! 미친놈에겐 매가 약이다! 실시!"

"알겠습니다!"

보리스의 명령을 받은 부하들은 즉시 조를 짜서 사방으로 움직이기 시작했다. 부하들이 움직이자 보리스는 미하일과 큰 마리를 돌아봤다.

"조를 둘로 나눈다. 큰 마리와 미하일이 한 조. 내가 다른 한 조다. 이 빌어먹을 마법을 쓰는 놈을 찾아내!"

"이거 원래 요새에 설치된 마법 아니었어?"

"아군까지 죽이는 방어마법은 없어!"

보리스의 말에 큰 마리와 미하일이 고개를 끄덕였다.

"찾으면 신호를 보내! 내가 찾으면 신호를 보내겠다!"

"알았어!"

세 사람은 둘로 나뉘어 마법을 쓴 존재를 찾아 나섰다.

*　　　*　　　*

"크하하하!"

마지노 요새의 망루 지붕에 자리를 잡은 아이히만은 눈앞에서 벌어지는 참극에 웃음을 멈출 수 없었다. 웃느라 눈에 맺힌 눈물을 닦으며 아이히만은 크게 외쳤다.

"보라! 세상이여! 나 아이히만의 힘을 보라! 이것이 나의 힘이다! 으하하하하!"

그렇게 웃어대던 아이히만의 옆에 앉아 멍하니 밑을 내려

보던 작은 마리의 눈에 순간적으로 빛이 돌아오기 시작했다.

"큰 마리, 미하일……."

큰 마리와 미하일의 모습을 확인한 작은 마리는 자리에서 일어났다.

"무슨 일이냐?"

아이히만의 물음을 무시한 작은 마리는 곧장 성 아래로 몸을 날렸다.

"붉음보다 더 뜨거운 백염이여! 눈앞의 적을 태워라! 화이트 플레임!"

파아악!

끄아악!

자신들을 향해 가지를 내뻗는 블러드 체리를 불태운 큰 마리는 가빠진 호흡을 안정시키기 위해 심호흡을 했다.

"위험!"

서격!

끼아악!

큰 마리의 뒤를 덮치는 블러드 체리의 가지를 잘라낸 미하일이 한숨을 쉬었다.

"이거 목숨이 몇 개 있어도 모자라겠다."

"그래도 어쩔 수 없어."

"정말 이 근처야?"

“계산상으로는……."

“그 계산상이 지금 7번째라는 것 알아?"

“움직이기나 해."

그렇게 투닥거리면서 체력을 회복한 두 사람이 걸음을 옮기려 할 때, 작은 마리가 둘 앞을 가로막았다.

“누구……."

“큰 마리, 보리스는 어디 있어?"

난데없는 물음에 미하일과 큰 마린 눈앞의 작은 마리를 바라봤다.

“작은…… 마리?"

쾅!

큰 마리의 반문에 작은 마리는 큰 마리의 머리 옆으로 마나탄을 쏘았다. 큰 마리의 머리를 스친 마나탄은 마지노 요새의 성벽에 큰 구멍을 만들었다.

“죽이기 전에 대답해. 보리스 어디 있어?"

“보리스를 찾으면 살려줄 거야?"

“보리스에게 꼬리치던 너야. 또 보리스를 위험한 곳으로만 보내던 미하일이고. 보리스를 찾게 된다면 고통없이 죽여주지."

“대답을 안 한다면?"

“고통스럽게 죽는다는 것이 무엇인지 알게 해주지."

작은 마리는 온몸의 마나를 있는 대로 끌어올리며 큰 마리에게 경고했다.

작은 마리의 경고를 들은 큰 마리는 메시지 마법으로 미하일에게 말을 걸었다.

-미하일, 지금 즉시 보리스를 데리고 와. 난 작은 마리를 유인할게. 셋을 세면 움직인다, 셋! 둘! 하나! 지금!

말과 동시에 미하일과 큰 마리는 둘로 나뉘어 몸을 날렸다. 자신에게 헤이스트를 시전한 큰 마리가 작은 마리에게 외쳤다.

"따라와! 보리스에게 안내해 주지!"

"어디서 꼼수를! 죽이겠다!"

작은 마리는 고함을 치며 큰 마리의 뒤를 좇았다.

서걱!

"끼아악!"

"어디지?"

일검에 블러드 체리를 동강낸 보리스는 마법을 실행한 존재를 찾아 블러드 체리의 숲을 헤매고 다녔다.

보리스는 특유의 기술로 블러디 체리가 알아채지 못하게 움직이며 블러드 체리를 베어 넘기고, 다른 한편으로는 마법의 실행자를 수색했다.

"응?"

낯익은 기운이 빠르게 다가오자, 보리스는 걸음을 멈추고 시선을 돌렸다.

"미하일, 큰 마리는?"

보리스의 물음에 미하일은 숨을 몰아쉬며 대답했다.

"헉헉헉! 찾았다!"

"실행자를 찾았어? 어디야!"

콰앙!

미하일은 커다란 폭발이 일어난 곳을 가리켰다.

"저기! 큰 마리가 위험해!"

미하일의 외침에 보리스는 지면을 박차고 폭발이 일어난 곳으로 달렸다.

"거기 서!"

블러드 체리 사이로 요리조리 달리는 큰 마리를 쫓으며 작은 마리는 분통을 터뜨렸다.

작은 마리가 바로 뒤로 바싹 따라잡자 큰 마리는 재빨리 커다란 블러드 체리의 옆으로 몸을 날렸고, 화가 난 작은 마리는 자신에게 가지를 뻗는 블러드 체리를 향해 손을 뻗었다.

"꺼져 버려!"

콰아앙!

작은 마리의 손짓에 커다란 블러드 체리는 수십 조각으로 깨져 나갔다. 그렇게 깨져 나간 블러드 체리 뒤에서 큰 마리를 찾아내지 못한 작은 마리가 이를 갈았다.

"으득! 이 쥐새끼 같은 년! 아예 숨을 구석이 없게 만들어 주지!"

작은 마리는 빠르게 수인을 맺어나갔다.

"대지여, 불타는 대지여! 내 이곳에 그대를 부르나니! 지옥의 겁화보다 뜨겁게 불타는 대지여! 이곳의 그대의 모습을 드러내라! 하이퍼 플레임 필드!"

파아악!

주문이 끝나자마자 그녀를 중심으로 대지가 하얗게 불타오르기 시작했다.

정신없이 달리던 큰 마리는 하얗게 타오르기 시작하는 대지와 마리가 만들어낸 마법의 경계를 파악하고는 경계의 끝을 향해 최고속으로 달렸다.

마리가 마법의 경계선을 통과하는 순간, 마리가 있던 자리로 불길이 솟아올랐다.

"아악!"

화염으로 인해 오른발에 화상을 입은 큰 마리는 비명과 함께 땅을 굴렀다.

"눈이 없으면 도망도 못 가겠지! 에어 블레이드!"

작은 마리의 외침과 함께 날카로운 바람의 칼날을 느낀 큰 마리는 재빨리 고개를 돌리며 땅을 굴렀지만, 바람의 칼날은 그녀의 왼쪽 눈을 훑고 지나갔다.

"꺄아악!"

피가 흘러나오는 왼쪽 눈을 손으로 가린 큰 마리는 자신의 앞에 버티고 선 작은 마리를 올려봤다.

"죽기 전에 말해. 보리스는 어디에 있지?"

"나를 찾는 너는 누구지?"

작은 마리는 등 뒤에서 들리는 차가운 목소리에 급히 몸을 돌렸다. 그곳에는 예의 두 자루 단검을 양손에 쥔 보리스가 작은 마리를 노려보고 있었다.

"너는 누구냐?"

＊　　　＊　　　＊

"에잉! 잘 나가다 재미없게 끝나는군!"

지붕 위에 앉아 있던 아이히만은 혀를 차며 투덜거렸다. 그에게 최대의 재미를 줄 것 같았던 블러드 체리의 숲은 작은 마리에 의해 그 안에 몰려든 병사들과 함께 재가 되어버렸다. 한참 동안 투덜거리던 아이히만은 곧 표정을 바꾸어 키득거렸다.

"킥킥킥! 그래도 하나는 성공했군. 9서클 마법의 강제 시동이라……. 확실히 내 계산이 맞았어. 킥킥킥!"

혼자서 킥킥거리고 앉아 있던 아이히만은 곧 수인을 맺기 시작했다.

"킥킥킥! 그래도 옛날 친구를 만났으니 반갑겠지? 내 멋진 선물을 주지!"

"너는 누구냐?"
"나는…… 나는…… 아악!"
보리스의 물음에 반가이 대답하려던 작은 마리는 곧 머리를 부여잡고 비명을 질렀다. 한참 동안 비명을 지르던 작은 마리는 예의 차가운 표정으로 돌아갔다.
"최종마법 디스트로이 실행!"
작은 마리는 양팔을 좌우로 펼치며 시동어를 외쳤고 곧 작은 마리를 중심으로 엄청난 마나의 회오리가 몰아치기 시작했다.
"우욱!"
소용돌이치며 광란하는 마나의 움직임은 곧 대기까지 흔들었다. 요동치는 대기에 묵직한 신음을 흘리며 중심을 잡아가던 보리스는 작은 마리의 가슴에서 반짝이는 은색 목걸이를 발견했다. 목걸이를 발견한 보리스의 눈은 있는 대로 크게 떠졌다.
"저것은! 설마!"
"최종 페이즈까지 60초."
"마리! 마리!"
"최종 페이즈까지 50초."
기계적으로 시간을 헤아리는 작은 마리를 보며 보리스는

고함을 쳤지만, 작은 마리의 눈빛은 돌아오지 않고 있었다.

"마리!"

"뭐하느냐! 작은 마리에게 시체조차 못 찾는 죽음을 안길 작정이냐!"

본진에서 야곱이 달려오며 외치는 소리에 보리스는 절규를 했다.

"전 할 수 없습니다!"

"30초."

보리스는 눈물을 흘리며 작은 마리를 바라봤다.

작은 마리의 입과 코에서 피가 흘러나오고 있었지만 작은 마리의 눈은 공허하게 비어 있었다. 보리스 옆에 도착한 야곱이 칼을 빼들었다.

"네가 못하겠다면 내가 하마."

야곱의 말에 보리스가 고개를 저었다.

"제가 하겠습니다. 마리와 처음 만난 것도 저니, 마리의 마지막도 제가 함께해야겠지요."

보리스는 한 자루의 얇고 긴 단검만을 손에 쥐고 작은 마리를 바라봤다. 작은 마리의 몸 주위로 엄청난 마나의 소용돌이가 돌고 있었다.

하지만 단 한 곳, 보리스가 선물한 목걸이가 있는 곳만이 고요했다.

"10초."

"마리, 안녕히."

보리스는 마리가 한 목걸이를 향해 단검을 내밀었다.

푹!

"헉!"

날카로운 통증과 함께 작은 마리의 눈빛은 정상으로 돌아왔다. 생기가 사라지는 눈으로 보리스를 본 작은 마리는 힘겹게 미소를 지었다.

"보리스⋯⋯. 오랜만이야."

"너도⋯⋯ 오랜만이야⋯⋯."

"많이 늙었네⋯⋯."

"넌 많이 컸구나⋯⋯."

"안녕⋯⋯. 보리스⋯⋯."

작별인사를 끝으로 감긴 작은 마리의 눈은 다시 떠지지 않았고, 보리스는 작은 마리의 머리를 가슴에 껴안고 고개를 숙였다.

"괜찮아?"

야곱의 뒤를 따라 도착한 미하일은 한쪽에 누워 있는 큰 마리를 바라보며 물었다. 큰 마리는 억지로 통증을 참으며 대답했다.

"별로 좋지는 않아."

"눈은 어때?"

"아아⋯⋯ 아직 한쪽 눈이 남아있으니 연구는 계속할 수 있겠지……."

"다리도 다쳤냐?"

"마지막에 힘이 빠져서……. 다행히 치료는 할 수 있을 것
같아……."

"와아아아!"

"마지노를 점령하라!"

미하일과 큰 마리는 난데없는 함성에 고개를 돌렸다. 활짝
열린 마지노의 성문을 향해 브레이커스와 살아남은 가이만의
병사들이 드레이크의 지휘를 받으며 돌격하고 있었다.

"어쨌든 마지노는 무너졌군."

큰 마리의 말에 미하일은 피식 웃었다.

"상처뿐인 영광이겠지."

"나 좀 부축해 줘."

"엇차!"

미하일은 바닥에 주저앉아 큰 마리의 상체를 일으켜 세웠
다. 두 사람은 쓸쓸한 표정으로 작은 마리를 안은 채 주저앉
아 있는 보리스를 바라봤다.

"역시 브로큰 하트였나?"

"그런 것 같아."

사랑하는 연인의 손에 살해된다는 저주를 가진 목걸이는
보리스의 단검에 관통된 채 작은 마리의 가슴에 고정되어 반
짝이고 있었다.

"왕자님, 피하십시오!"

비씨 사령관의 외침에 라임 왕자는 고개를 저었다.

"늦었소. 이제는 끝이오."

"아직 5만의 병력이 남아 있습니다!"

"쿡쿡쿡!"

작게 웃던 라임왕자는 고개를 저었다.

"마찬가지로 가이만에는 저기 오는 병사들을 포함해 8만이 남아 있지. 아마도 이 소식이 전해지면 10만은 더 보내겠지. 그리고…… 우리는 너무나 많은 것을 잃었소."

라임 왕자는 성벽을 향해 계단을 올라갔다.

"하지만 가장 중요한 것은 명분과 도덕성을 잃었다는 것이오. 단지 적을 위협해 침략을 막는 무기가 아니라 자신의 군대까지 제물로 던졌다는 비난까지 받게 되겠지요……."

"왕자님……."

성벽에 오른 라임왕자는 병사들의 방어를 돕는 흉벽 위에 올라섰다. 그의 눈에 함성을 지르며 달려오는 가이만 군의 모습이 가득 들어왔다.

"꿈이 있었소. 그 누구보다 강한 왕권을 획득하고 다른 나라가 부러워할 부강한 나라. 이제는 진짜 꿈이 되어버렸구려!"

"왕자님!"

급히 달려오는 비씨 사령관의 목소리를 뒤로 하고 라임 왕자는 하늘로 몸을 날렸다.

*　　　*　　　*

"에이! 재미없어! 재미없어!"

자신의 은신처로 돌아가며 아이히만은 연신 투덜거렸다.

"콰쾅! 하고 터져야 해피엔드지! 저게 뭐야! 세상에 저런 결말이 어디 있어? 삼류 작가가 써도 저거보다는 낫겠다!"

"너는 남의 피눈물을 봐야 행복한가 보구나?"

노기가 가득 섞인 목소리에 아이히만은 걸음을 멈추고 몸을 돌렸다. 그곳에는 마치루스가 아이히만을 노려보며 서 있었다.

"네가 아이히만이냐?"

"그렇소만?"

"마치루스라고 하네."

마치루스의 말에 아이히만은 과장되게 허리를 굽혔다.

"아이구~! 고인을 뵙게 되다니 미천한 소인에게 큰 영광이옵니다!"

"끝까지 글러먹었구나."

"그래서 뭐가 문제요?"

계속해서 엇나가는 아이히만을 본 마치루스는 조용히 양

손을 들어올렸다.

"야곱 선배와 약속을 했으니 죽이지는 않겠지만, 몇 군데 분지르는 것은 아무 말 않겠지."

"흥!"

마치루스의 말에 아이히만은 코웃음을 치며 양손을 들어올렸다.

"영감이 현자소리를 듣는다지만, 나 역시 7서클을 완전히 마스터했소! 같은 7서클이라면 지지 않아!"

고함을 치며 아이히만은 마나를 끌어올렸지만 자신의 몸 안에 있는 마나와 밖에 있는 마나가 모두 움직이지 않았다.

"이익! 제기랄!"

아이히만은 욕설을 뱉으며 다시 용을 썼지만 마나는 움직이지 않았다.

그렇게 용을 쓰는 아이히만의 귀에 마치루스의 목소리가 들려왔다.

"8서클 마법에는 도미네이션이라는 것도 있지. 그 아이에 비해서는 손색이 있지만 이 정도의 범위는 가능하다네."

"8, 8서클!"

기겁을 한 아이히만은 즉시 무릎을 꿇고는 넙죽 엎드렸다.

"현자님! 부디 저를 살려주십시오! 다시는 악한 짓을 하지 않겠습니다!"

"내가 왜 너를 봐줘야 하느냐?"

"제발 살려주십시오!"

무릎걸음으로 간청하며 마치루스에게 걸어가던 아이히만은 마치루스 코앞에 도착하자 오른손을 앞으로 내밀었다.

"죽엇!"

하지만 마치루스의 뻗은 오른손에는 독이 묻은 단검 대신 한 다발의 꽃이 들려 있었다.

"이건?"

"언제나 싸움터를 전전한 나다. 그런 얕은 수는 서른 이후 당한 적이 없어."

마치루스는 가볍게 수인을 맺었다.

"워시."

마치루스의 말이 끝나자마자 아이히만의 얼굴이 확 풀어졌다.

"네 머릿속에는 악만 가득 찼으니 씻어내는 것이 낫겠지."

"헤에……."

졸지에 백치가 된 아이히만은 멍청한 웃음을 지으며 마치루스를 바라봤다.

에필로그 200년 후…….

　가이만 제국의 제도 빌리스. 대륙 3강 가운데 가장 강한 국력을 자랑하는 제국의 수도는 엄청난 인파로 우글거리고 있었다.

　"휘유. 역시 개국기념일인가?"

　등에 길쭉한 배낭을 멘 10대 후반의 소년 하나가 주변을 살피며 휘파람을 불었다.

　소년의 말 그대로 200년 전 마하트와의 전투를 승리로 끝낸 가이만이 정식으로 제국을 선포한 기념일로서 제국의 모든 도시에서 축제가 벌어지고 있었다.

　도시마다 개국기념일 축제는 화려했지만, 빌리스의 축제

는 그 화려함으로 가장 이름 높았기에 다른 제국이나 왕국의 사람들까지 몰려와 구경을 하는 명물이 되어 있었다.

딸랑딸랑!

"이크!"

수도 전체를 거미줄처럼 연결하는 매직 트레인을 피한 소년은 지도를 보며 주변을 살폈다.

"여기가 아닌가?"

목적지를 찾다 포기한 소년은 근처를 지나는 행인을 붙잡고 지도를 가리키며 무엇을 물었고 행인이 가리킨 곳을 본 소년의 고개가 바닥으로 꺾였다.

"나 반대로 온 거야?"

어찌저찌 물어물어 소년은 제도에 만들어진 가장 큰 공원에 들어섰다. 공원 입구에 세워진 안내도를 자세히 살핀 소년은 표지판을 꼬박꼬박 살피며 공원의 중앙으로 향했다.

공원 중앙에 세워진 커다란 조각상을 본 소년의 눈이 환하게 빛났다.

"찾았다!"

소년은 조각상을 향해 달려갔다. 소년이 목표로 한 조각상은 4명의 남녀를 조각한 조각상이었는데, 높은 기단위에서 자신을 뽐내는 황제나 영웅의 조각상과는 달리 맨바닥에 세워져 공원을 지나는 시민들과 눈을 마주치고 있었다.

소년이 조각상을 보는 동안에도 손에 꽃을 쥔 시민들이 조각상의 발에 꽃을 놓고 지나가고 있었다.

쾌활한 인상의 청년과 중후한 인상의 노인, 왼쪽 눈에 안대를 한 젊은 여성의 조각상을 지나 강인한 인상의 청년을 조각한 조각상 앞에 멈춰선 소년은 다른 조각상에 비해 수북하게 쌓인 꽃들 사이로 자리잡은 명판을 읽었다.

"보리스 예거. 유리우스력 570년 출생 640년 사망, 제국중장으로 퇴역. 왕국시절 출사하기 전까지는 전설의 사냥꾼으로서 고통받는 민중을 대신해 억업자들에게 항거했으며, 출사 후엔 왕국의 장군으로서 제국전쟁의 선봉장으로 활약. 제국 설립이후엔 국방력 강화에 매진했으며 퇴역 후에는 민회의 의원으로서 사회적 약자의 권익보호에 앞장을 서다. 유명한 '작은' 마리라는 아가씨와의 이별 이후, 독신으로 생을 마침. 언제나 그를 의지한 제국 초대황제 지그문트가 아쉬움을 담아 이 상을 세움."

명판에 적힌 내용을 다 읽은 소년은 조각상을 보며 싱긋 웃었다.

"반갑습니다, 선배님. 선배님의 뒤를 이은 사냥꾼입니다. 공교롭게도 제 이름 역시 보리스입니다. 잘 봐주십시오."

소년의 말이 끝나자 그를 비웃는 소녀의 목소리가 들렸다.

"흥! 길도 제대로 못 찾는 길치가 무슨 사냥꾼이야?"

보리스가 고개를 돌린 곳에는 짧은 반바지 차림의 소녀가 그를 보고 있었다.

“넌 누구냐?”

자신의 정체를 파악한 소녀를 향해 보리스가 긴장해서 묻자 소녀는 혀를 내밀었다.

“베에~. 쫄기는! 뭐 이리 소심해?”

“누구냐니까!”

“나? 몰이꾼.”

소녀는 가벼운 걸음으로 보리스에게 다가와 손을 내밀었다.

“앞으로 잘 부탁해!”

“응? 으응.”

보리스가 엉겁결에 악수를 하자 소녀는 뒷말을 추가했다.

“특기는 길 찾기니까 앞으로 길 잃어먹고 반대로 갈 일은 없을 거야.”

“야!”

『헌터에이지』 4권 완결.